www.tredition.de

AF185096

CRISTINA GOMES BOELK

***

BERICHTE EINER UNBEKANNTEN

LEBEN LIEBEN LOSLASSEN

www.tredition.de

© 2018 Cristina Gomes Boelk
Lektorat, Korrektorat: Carsten Boelk Gomes

Verlag und Druck: tredition GmbH, Hamburg

ISBN
Paperback: 978-3-7469-6510-9
Hardcover: 978-3-7469-6511-6
e-Book: 978-3-7469-6512-3

Das Werk, einschließlich seiner Teile, ist urheberrechtlich geschützt. Jede Verwertung ist ohne Zustimmung des Verlages und des Autors unzulässig. Dies gilt insbesondere für die elektronische oder sonstige Vervielfältigung, Übersetzung, Verbreitung und öffentliche Zugänglichmachung.

Berichte einer Unbekannten

Der Funke des Lebens,
der mein Feuer entfacht. Möge es für immer brennen...

Für meine Freunde...

Inhaltsverzeichnis

Berichte einer Unbekannten

Vorwort

Mit dem Buch *Berichte einer Unbekannten* gibt das Nachwuchstalent Cristina Gomes Boelk ihr Debüt als Sachbuchautorin. Sie verknüpft die alltäglichen Lebenserfahrung ihrer Hauptdarstellerin mit den philosophischen Einsichten der großen Denker. Dadurch zeichnet die Autorin ein einfaches und einprägsames Bild unserer Zeit und der menschlichen Beziehungen, die sich widerspiegeln in den Wesenszügen einzelner Persönlichkeiten.

Das vorliegende Buch fesselt mit seiner einfachen und deutlichen Sprache. Der Eindruck, den es beim Leser hinterlässt, wird dadurch umso nachhaltiger und führt ihn durch ein Wechselbad der Gefühle.

Berichte einer Unbekannten

Die Handlung und die Personen in dem Buch sind frei erfunden. Jegliche Ähnlichkeit mit lebenden oder realen Personen wären rein zufällig

Seila

Alice: "Wie lange ist für immer?" Weißer Hase: „Manchmal nur für eine Sekunde."
(Alice im Wunderland)

Als ich angefangen habe zu schreiben, fragte ich mich, worüber ich schreiben sollte. Über Lebensphilosophie, Esoterik, Religion, Erotik oder Yoga? Oder über mein Leben? Oder was möchte man als Leser vor die Augen bekommen? Ich habe mich für eine Mischung aus allem entschieden. Besser gesagt: Ich habe einfach darüber geschrieben, was mir in den Sinn kam.

Ich beginne mit meiner Lebensgeschichte. Leider ist sie nicht einfach nur außergewöhnlich, wie man sie in einem Roman erwartet. Aber sie kann sogar ganz tief gehen. Es gibt Lebenssituationen, die man am liebsten unterdrücken möchte, Geschichten, die man am liebsten gar nicht hören möchte. Keine Angst, in diesem Chaos gibt es auch wunderschöne Momente, Momente der Hingabe und der Erkenntnis.

Wie oft hört man: "Das Leben ist hart." Aber ich sage, es kann auch einfach, witzig und sensationell sein. Wir sind verflucht zu leben und haben angeblich eine einzige

Aufgabe im Leben: glücklich zu sein, dieses Gefühl zu entwickeln und anzuerkennen.

Also, ich beginne es so zu beschreiben: Ich kam zur Welt. Wurde größer und - so wie man mir erzählt - sehr niedlich, und wie es jedem zusteht, mit einem gewissen Grad an Verstand und Intelligenz. Leider war ich nicht so gesprächig. Jeder versuchte, aus mir Sätze herauszuholen, denn man fand es sehr niedlich wann ich sprach. Doch ich machte es Verwandten und Freunden nicht so leicht: Meine Lippen waren versiegelt. In Ruhe sollten sie mich lassen. Alle.

Ich war vier oder fünf Jahre alt und, wie das Leben so spielt, habe ich angefangen zu trinken. Jawohl. Punkt eins in meiner Erziehung: Ich durfte trinken, so viel ich wollte. „Schluck es runter", sagte Großvater. Opa meinte es nur gut mit mir und in seiner bewussten Lebensweise war dieses Verhalten unschädlich. Können Sie sich vorstellen, in welcher Gesellschaft ich mich befand und wie glücklich ich mich fühlte? Soll ich lieber lügen und nur schöne Sachen schreiben, damit jeder zufrieden ist? Nein. Willkommen in der "Wirklichkeit".

Ich lachte und spielte, sah aber, wenn ich im Bett lag, oft die Decke vom Schafzimmer um mich herum kreisen. Gott möge meinen Opa im ewigen Schlaf ruhen lassen, aber: Danke Opa.

Über den Rest der Verwandten kann ich nur sagen: Sie genossen die gleiche Art von Erziehung. Mit anderen Worten, mit vier Jahren waren wir so weit, wir hatten die Erlaubnis zu trinken.

Bei jedem Fest oder Hochzeit erlebte ich, wie Seila, meine Cousine und Spielgefährtin, jede Flasche anschaute und jeden Rest, ob Wein, Sekt oder Bier, in einer Flasche zusammen kippte. Was für ein Cocktail. Seila war älter, sie war schön und in meinen Augen sehr klug. Ich habe alles mitgemacht. Egal, wie verrückt ihre Ideen waren. Heute weiß ich, wie naiv sie manchmal war, aber damals war sie meine Heldin. Heute denke ich, dass sie ein freier Geist war. Sie stand nicht unter strenger Aufsicht. Wir haben viel erlebt; sie stahl gerne Obst. Ja, Obst. Sie war süchtig danach. Sie konnte nie abwarten, dass das Obst reifte, sie musste es sofort essen. Der Geschmack war unerträglich sauer und bitter, aber sie war meine Heldin und ich aß mit. Es war anstrengend, keine Grimassen zu ziehen; aber Schwäche wurde nicht gezeigt, sonst hätte man als Feigling dagestanden und wäre ausgelacht worden. Es galt immer neue Mutproben zu bestehen. Obst wurde weiterhin gestohlen. Die Nachbarn regten sich häufig auf und in den Momenten, in denen wir sie am wenigsten erwarteten, standen sie plötzlich vor uns und schimpften; sie schimpften laut und schrecklich. Seila lief immer weg und versteckte sich wie ein wilder Hund, der weiß, dass sein Leben in Gefahr ist. Ich war immer diejenige, die zurückblieb und uns beide entschuldigte: „Entschuldigen Sie bitte, das machen wir bestimmt nicht noch mal," sagte ich in der Hoffnung, wir würden in Ruhe gelassen und Seila käme endlich aus ihrem Versteck heraus. Als sie endlich wieder hervorkam lachte sie schrecklich laut und euphorisch. Wohingegen die Nachbarn brüllten: „Verschwindet jetzt." Und so ging es weiter. Jeden Frühling.

Ich weiß nicht, ob sie zu Hause gehungert hat, denn sie war immer auf der Suche nach etwas Essbarem. Die Nachbarschaft hatte richtig Mühe Obst übrig zu behalten, denn Seila ließ das Obst nicht reifen. In meinen Augen durfte sie alles, gehen wohin sie wollte, spielen mit wem sie wollte. Ohne Grenzen. Sie hatte vier Geschwister, und für meine Tante war ein bisschen Ruhe ein kostbares Geschenk.

Die Verrücktheiten von Seila und mir waren sehr fantasiereich. Ich kann sogar sagen, sie waren sehr gewagt. Oma hatte einen riesigen Garten, in dem nicht nur eine große Wiese war, die durch einen Hügel geteilt wurde, sondern der reich war an vielen Eichenbäumen, Pflaumenbäumen, Feigenbäumen sowie unterschiedlichen Arten von Büschen und Rosen. Diese Welt war wie unser Zuhause. Nein. Es war unser Zuhause. Da haben wir geschlafen, gegessen, getrunken, Musik gemacht. Trommeln waren unsere Lieblingsinstrumente, die großen, alten, rostigen Metallfässer, die Opa besaß. Dort haben wir getanzt und gelacht. Dort waren wir die Guten und die Bösen. Dort haben wir uns gezankt und uns wieder vertragen. Lustig waren unsere Toilettengänge. Wir suchten uns jeden Tag eine neue. Eine schöne Ecke des Gartens. Mal zwischen den Büschen, den Rosen, mal neben den Eichenbäumen, oder mal auf der freien Wiese. Wir bückten uns und sahen, wie wir Pipi machten. Natur pur ohne Vorurteile. Der Urin fiel, der Dampf war zu sehen. „Ich wette mit Dir, ich kann weiter pinkeln als Du", sagte Seila. „Das glaube ich nicht. Warum sollst Du?" Ich reagierte auf die Herausforderung. Sie lachte, schaute mich an, ließ das Gesäß tiefer auf den Boden herunter sinken und startete damit den Wettbewerb. „Schau... kannst Du es weiter?" Ohne Worte bereitete ich mich vor. Ich sprach meine Blase an und sagte ihr, sie solle mich jetzt nicht im Stich lassen. Und dann kam mein Urinstrahl mit aller Macht. Wir hielten stand bis kein Tropfen mehr kam. Danach fielen wir beide entleert auf den Boden und konnten nicht aufhören zu lachen... Ein köstlicher Moment unter Tausenden.

Schwäche habe ich bei ihr nur einmal gesehen, als sie in der Grundschule an der Tafel stand; sie konnte eine Matheaufgabe nicht lösen und wurde von der Lehrerin mit einem feinen Stock für jeden falsche Antwort derart gegen ihre nackten Beine geschlagen, dass sie durch diesen Missbrauch plötzlich einnässte. Sie war erniedrigt und ich war schockiert, als ich ihre nassen Beine sah. Das Bild wird mich immer verfolgen. Das Bild der Heldin für mich verlor sie niemals...

Miguelito, Vitor und Enrico

„Der Freund ist einer, der alles von dir weiß, und der dich trotzdem liebt." (Elbert Hubbard)

Nun, da war noch jemand: Miguelito, mein Milchbruder und Nachbar, und Vitor, auch ein Familienmitglied. Cousin ersten Grades. Sie hatten aber keine Ahnung, welche Rollen sie für mich spielten. Gut so. Miguelito war, manchmal freiwillig, manchmal gezwungen, einer meiner Lieblingsspielgefährte. Vitor war, beim Ausfall von Miguelito, eine Art Stellvertreter. Vitor war aber nicht so wild und frei wie Miguelito. Er war eher der Hübsche, Feine und Gepflegte. Für ihn empfand ich eine Art Liebe, falls ich überhaupt in der Lage war Liebe zu erkennen und zu beschreiben. Ich bewunderte ihn auch. Jedes Mal, wenn ich ihn sah oder an ihn dachte, musste ich immer an Miami Vice denken. Eine der Krimiserien, die damals sehr beliebt waren. Ich schätze, er war innerlich auch einer von denen, denn er ging genau so.

Dann gab es auch noch Enrico, Seilas Bruder. Enrico war zwar geistig normal, aber er war anders und übte ein ganz schräges Hobby: Mutproben. Was er damit beweisen wollte, habe ich bis heute nicht verstanden. Wahrscheinlich wollte er eine Art Stärke zeigen, denn etwas Besonderes konnte er nicht. Er konnte gar nichts, war nur eine gute Seele. Die Ärmsten der Armen und diejenigen, die am meisten leiden, gehören unserem lieben Gott. Das haben wir in unserem Glauben jedenfalls gelernt. So gesehen war Enrico eines der Lieblingskinder von unserem lieben Gott.

Eine der Mutproben hat Seila fast die Hand gekostet. Einer der beiden hielt abwechselnd eine Axt in der Hand und versuchte die Hand des anderen, die auf einem Holzstück lag, zu treffen. Bei einem der Versuche, bei dem Seila ihre Hand wegziehen sollte, war sie überraschenderweise nicht schnell genug und Enrico traf sie genau in den Mittelfinger. Dieser teilte sich fast entzwei. Die Narben trägt sie heute noch. Sie trägt sie auch in ihrer Seele.

Zu meinem Milchbruder kann ich nur sagen, dass er kein leiblicher Bruder ist. Das ist klar. Ich habe nur eine Schwester. Was heißt nur eine? Eigentlich habe ich väterlicherseits mehrere Geschwister. Ich kenne sie aber nicht, und falls es irgendwann irgendein Interesse gegeben hat, sie kennenzulernen, ist dieser Wunsch, der kein großer Wunsch gewesen sein kann, nun komplett verschwunden, ich würde sagen, uninteressant geworden.

Wir sind alle Kinder des Triebes, der Verantwortungslosigkeit, des Egoismus und der eigenen Dummheit. Noch trauriger war und ist es, dass dieser Erzeuger wirklich einen hohen Intellekt besaß, den viele im

Umfeld neidvoll anerkennen mussten. Hätte er sich doch anders verhalten. Alle sahen nur den Glanz in ihm, nicht die animalische Seite. Eine menschliche Schwäche, aber für das Ziel der Fortpflanzung von Mutter Natur, eine Stärke.

Bin ich enttäuscht? Wo ist die Liebe? Liebe nicht nur zur Natur, sondern Liebe, die durch die Verschmelzung zweier Seelen und zweier Körper entsteht. Liebe, die in jedem Atom, das unser Sein bildet, vorhanden ist.

Unbeschwerte Zeit

„Die Schönheit der Dinge lebt in der Seele dessen, der sie betrachtet·" (David Hume)

Als Miguelito und ich Babys waren, haben unsere Mütter uns ab und zu ausgetauscht. Wenn eine zu viel Milch hatte, durfte sie das andere Baby mit stillen. So gesehen, waren wir einfach nur Gottes Kinder und wir wurden als solche geliebt.

Miguelito liebte alle Frauen des Dorfes. Sogar mich. Er war ein Romantiker, wie man oft sagt, ein hoffnungsloser Romantiker. Er verfolgte mich ständig und guckte mich an, als ob er einen an der Birne hätte. Seine Augen hielt er kaum geöffnet wann er zu mir schaute, und er stand immer da, als ob er ständig zur Heiligen Maria beten würde. Mir wurde es langsam peinlich, vor allem, weil alle Leute schon sagten, wir würden heiraten. Hallo! Ich war noch ein Kind! Immer versuchte ich zu beweisen, dass ich ihn gar nicht mochte. Ich bin ihm ständig aus dem Weg gegangen. Aber leid tat er mir schon und damit litt unsere Freundschaft auch. Eines Tages habe ich, um ihn etwas zu beruhigen, seine Einladung angenommen, Himbeeren und Äpfel zu pflücken. Es war angenehm und gar nicht langweilig. Wir aßen viele Himbeeren vor Ort und die gepflückten Äpfel transportierte ich in meinem Kleid; dazu hob ich das Kleid hoch und bastelte so eine Art Tasche, damit alle Äpfel reinpassten.

Seila würde sich bestimmt freuen. Keiner von uns bemerkte, dass ich mein Kleid so hochgezogen hatte, dass meine Unterwäsche zu sehen war. Wir gingen zusammen die Straße runter. Miguelitos Mutter, die sehr für unsere künftige Verbindung war, kam uns entgegen. Als sie mich sah, lachte sie laut und sagte: „Hallo Ihr beiden." und zu mir gewandt: „Weißt Du, Ana Sofia, man kann dein Höschen sehen." In diesem Moment wünschte ich mir, die Erde würde mich verschlucken. Ich lief schnell nach Hause und warf die Äpfel in eine Ecke auf den Boden. In Tränen lief ich ins Badezimmer. Meine Schwester kam und fragte, warum ich weinte. „So schlimm ist das nicht, aber..." sagte meine Schwester und lächelte ironisch. Sie war immer ironisch zu mir. „Hast Du dein Gesicht schon gesehen? Hast Du vielleicht Himbeeren gegessen?", fragte sie. Ich schaute gespannt in den Spiegel. Oh nein. Fast überall im meinem Gesicht waren Saftflecken, vor allem im Mundbereich, zu sehen. Es gab keine Hoffnung mehr. Jetzt wollte ich nur noch sterben. Gut. Sterben vielleicht nicht. Verstecken. Verstecken wäre gut. Für die nächsten zwei Jahre, wenn es geht. Miguelito hat das nicht erschreckt, denn Jahre später war er immer noch in mich verliebt, oder wieder verliebt.

Ab und zu vergaß Miguelito seine platonische und besessene Liebe für mich, spürte den Drang nach sexueller *Erleuchtung*, legte sich auf den Rücken von irgendwelchen Freunden während wir im Wald spielten und tat so, als ob er einen Orgasmus bekäme. Alles nur gespielt, zum Wohl der Gemeinschaft. Ich konnte nur den Kopf schütteln. Jungs waren wirklich nicht zu verstehen. Am Ende seiner kurzen Veranstaltung lachte er so, als ob gerade jemand eine unglaublich lustige Anekdote erzählt hätte. Ja, nun... damit war er zufrieden. Abgesehen von solchen Verrücktheiten waren wir alle normale Kinder und wollten nur das Glück spüren. Ich denke, wir waren glücklich. Die ganzen Nachbarkinder verstanden sich gut und nachmittags spielten wir voller Freude zusammen bis zur Abenddämmerung. Eines unserer Lieblingsspiele war *Rolha*, der Flaschenverschluss. Bei dem Spiel rannten und verfolgten wir uns gegenseitig. Zwei oder drei von uns waren die Verfolger, der Rest oder die Mehrheit waren diejenigen, die frei waren und frei bleiben sollten. Wer gefangen wurde, musste unbeweglich mit geöffneten Armen stehenbleiben, wie Christus am Kreuz. wir waren Festgenommene, konnten aber von denjenigen befreit werden, die sich immer noch frei bewegten. Metaphorisch gesehen: Nur wer frei ist, kann befreien. Normalerweise ging alles ganz gut, außer mein "Crazy" Cousin Vitor kam plötzlich auf die Idee, mich mit meinem Lieblingstier zur verfolgen. Es ist eklig, glitschig, bewegt sich langsam, besitzt keine Beine und lässt sich nur blicken, wenn es regnet. Ja, genau. Würmer. Regenwürmer. Er nahm sie in die Hand und rief laut nach mir. „Ana Sofia, schau was ich hier habe." Ich mochte nie laufen, aber in diesen Moment lief ich schneller als der beste Läufer der Olympiade. Vitor meinte, er müsse mir noch hinterher laufen, und weil es ihm nicht reichte, lachte er mich auch noch aus. Erwischte er mich nicht, steckte er mir die ekligen Viecher, die ich nicht benennen kann oder möchte, in meine Schuhe, denn ich lief oft barfuß. Arme Tiere. Sie hatten mit Sicherheit mehr Angst als ich.

Doch zurück zu Cousine Seila, meine Pippi Langstrumpf. Sie konnte diese Grausamkeiten vergessen, wenn wir draußen waren und zusammen in die Welt unserer Fantasie eintauchten. Richtig glücklich und komplett waren wir, wenn Miguelito Toms Rolle übernahm. Die Abenteuer konnten beginnen. Manchmal waren wir alle drei zusammen, manchmal waren wir nur zu zweit; manchmal waren alle Kinder des Dorfes dabei und wir spielten alles mögliche um den See herum.

Wir spielten Fangen mit dem Ball, wir lachten viel und erzählten uns, wenn die Dämmerung kam, gruselige Geschichten. „Da saß ich bei meinem Onkel abends vor dem Kamin. Ich hörte draußen große und laute Schritte, so laut, dass ich meine Ohren zuhalten musste. Es hat sich angehört, als ob ein Riese mit Stiefeln aus Metall Richtung Haus käme." Ich weiß nur, dass ich in diesem Moment sehr viel Angst verspürte, und Miguelito fuhr fort: „…Als mein Onkel nachts mit dem Fahrrad durch den Wald fuhr, hörte er lautes Lachen aus allen Ecken. Das waren die bösen Hexen, die ihn verfolgten. Ich drehte meinen Pulli um, denn wenn man das tut, wird man von den Hexen nicht verfolgt." Unser Miguelito. Clever, oder?

Immer, wenn wir bei seinem Onkel zu Besuch waren, hatte ich solche Angst. Vor allem, weil mir alle versicherten, dass alles wirklich passiert sei. Mit circa sieben Jahre war ich die Jüngste, leicht zu beeinflussen und ich glaubte immer noch an die magischen Begegnungen mit den sprechenden Glühwürmchen. Es amüsierte alle zu wissen, wie glaubwürdig alles für mich war. Diese Horrorgeschichten haben mich bis heute geprägt. Oh, ist das Leben wunderbar.

Die Unschuld in Schuld verwandeln

„Dass ihr doch wenigstens als Tiere vollkommen wäret· Aber zu Tieren gehört die Unschuld·" (Friedrich Wilhelm Nietzsche)

Die Saga geht weiter und wie in jeder normalen Familie erlebte ich - wie meine Cousine -auch Gewalt. Jawohl. Gewalt. Was soll ich hier heulen und in Selbstmitleid ertrinken. Es scheint völlig NORMAL gewesen zu sein: Gewalt, Missbrauch, Gehirnwäsche. Von Eltern, Schulen und von der Heiligen Kirche. Was für eine Generation?

Sie ist klein, sitzt auf ihrem Dreirad, sehr hübsch, niedlich und sehr selbstbewusst, vor allem als man sie fragt, ob sie sich freut, bald zur Schule zu gehen.

„Ana Sofia, freust Du dich? Du wirst bald eingeschult."
„Natürlich, ich freue mich sehr", antwortet sie. Sie fühlt Freude und kann den Moment kaum erwarten. Sie grinst bis über beide Ohren. Sie sieht noch nicht, wie der Wunsch zu lernen sehr bald vernichtet wird.

Erste oder zweite Klasse, jeder ist dran. Vom Alphabet kennt sie eine Menge Buchstaben, aber beim Buchstaben „S" hat sie Schwierigkeiten – einen absoluten Blackout. Da beginnt die Lehrerin sie zu ohrfeigen. Rechts und links. Einmal. Wie heißt es? Zwei mal, drei mal, vier mal, fünf mal. Die Tränen rollen. Die älteste Schülerin sitzt daneben. Ana Sofia sieht das Mitleid in ihren Augen und es ist ihr sehr peinlich. Mit einem Lächeln im Gesicht nimmt die älteste Schülerin die Haarspange aus ihren Haaren, die sich gelockert hat. Sie schmeckt das Salz der Tränen, die ihr über die Wangen rollen. Sechs mal. „Wie heißt der Buchstabe?" fragt die Lehrerin. Sieben mal. …Gedanken? Sie waren weg. Alles war nur grau oder schwarz. Sie spürte nur noch Schmerz und Wut.

Ich konnte mich nicht verteidigen und keiner der anderen rührte sich. Sie schauten die Situation ohne eine Bewegung oder Widerstand. Fassungslosigkeit und Hilfslosigkeit begleiten uns von klein an. Jegliche eigene natürliche Entwicklung wurde unterbunden. Wenn nicht, dann nur mit Krampf. Intelligenz, die nicht einmal auf der Ebene der Tierwelt war. Unser Trieb ist ohne ein harmonisches Vorbild ein Monstrum.

Sie konnte sehr früh fehlerfrei schreiben, dies wurde aber von der netten und klugen Lehrerin nicht geglaubt. „Du hast abgeguckt", sagte sie. „Nein, habe ich nicht!" Da traf sie eine riesige Hand ins Gesicht. „Nicht mehr abgucken, hörst Du?" Gut. Die Lösung wurde gefunden. Um die gewaltige Hand nicht spüren zu müssen, wurden jedem Aufsatz, jedem Diktat, viele Fehler hinzugefügt. Dadurch gab es Ruhe.

Herzlichen Glückwunsch, Frau Lehrerin, damit haben sie wieder jemanden gefördert, motiviert und ihm durch die richtige Erziehung eine wunderbare Zukunft ermöglicht.

Von meinem Balkon kann ich einen Blick in den Wald werfen, die Vögel zwitschern hören, die Sonne genießen. Von hier aus kann ich die schönsten Sonnenuntergänge erleben. Seit Jahren verschenke ich Windspiele in der Hoffnung, dass mir irgendjemand auch eins schenkt. Warum habe ich mir eigentlich bisher keins selber gekauft? Aber jetzt, gerade in diesem Moment, sitze ich auf dem Balkon und genieße den Klang von einem wunderschönen Windspiel. Ein Geschenk, oder besser gesagt, ein ausgeliehenes Geschenk von einem Freund. Das Geschenk kam ursprünglich aus Bali und war nicht für mich gedacht. Es lag da, in seiner Küche, leblos. Jetzt habe ich es bekommen. Es fand einen Platz bei mir gefunden und endlich war ich eine Windspiel-Besitzerin. Durch den Klang des Luftstroms spüre ich, wie jeder Luftzug durch mein Hören einen Weg in mein Inneres findet. Meine Seele genießt es. Dazu bete ich um Frieden, Harmonie, Ausgleich, Hingabe... das Loslassen. Es ist einfach wunderschön zu hören, wie der Wind das Spiel streichelt. Diese Präsenz erfüllt mich.

Begegnung mit Gott

„Der Teufel hat die Welt verlassen, weil er weiß, die Menschen machen selbst die Höll' einander heiß." (Friedrich Rückert)

Die Erinnerungen gehen weiter…

(Vater, vergib ihnen , denn sie wissen nicht was sie tun – Jesus von Nazareth- Lukas 23/34)

Warum wird so viel versteckt und unterdrückt? Wir sind Menschen und als Menschen besitzen wir zwei Pole. In der Vergangenheit wurde schon viel geschrieben über das Gute und Böse. Aber wie weit geht das Böse in uns? Was ganz genau betrachtet man als das Böse? In meiner Erziehung war ich die Böse, weil ich zum Beispiel alleine mit einem Jungen ausging. Ich habe, aufgrund dieser schrecklichen Tat, bereits um Verzeihung gebeten. Jeden Sonntag meine rechte Hand auf meiner Brust. *"Minha culpa, minha tão grande culpa..."* "meine Schuld, meine große Schuld..." Wo beginnen die Grenzen von Gut und

Böse? Was dunkel ist, ist nur so lange dunkel, bis es wieder hell wird. Was zum Teufel habe ich falsch gemacht? Dies waren die Hauptfragen meines Teenager-Alters. Was zum Teufel sollte ich beichten? Was für ein ungeliebtes Sakrament. Da habe ich mir überlegt, am besten lügst du, damit sie nicht denken, dass du lügst. Und so kniete ich vor dem Dorfpfarrer Dionísio und begann: „Ich habe meiner Mutter nicht geholfen als sie mich darum bat, habe sie angelogen, dann habe ich meinem Cousin eine Ohrfeige gegeben und einen Jungen geküsst." „Oh. Du warst nicht brav", sagte der liebe Pfarrer entrüstet und erlegte mir die Strafe auf; ich sollte hundert Vaterunser und hundert Avé Maria beten. Ich musste dabei natürlich auf dem harten Steinboden knien. Na ja, zum Glück war die Strafe nicht so hart, so dass ich mir dann erlaubte, bei den regelmäßigen Beichten erneut zu lügen. Gott sei Dank, ein Problem weniger.

Wir wurden größer und der Pfarrer wechselte. Es war nicht mehr der liebe Pfarrer Dionísio. Jetzt bekamen wir einen neuen Pfarrer. Er war jünger, etwas härter und gleichzeitig selbstbewusster. Er schien ein großes Ziel zu haben: Alle Leute in seinem Pfarramt neu zu erziehen. Aha. Er hatte aber eine Schwäche: Mädchen. Ein Schönheitsideal war er für mich nicht, aber alle Frauen, die üblicherweise bei uns streng katholisch waren, waren auf einmal in den neuen Pfarrer verliebt. Große Sünde. Große, große Sünde. Keine gab es zu. Wie in den meisten Religionen leiden die Extremisten an mangelndem Verstand.

In meinen Augen war das Haus Gottes zu einer Irrenanstalt geworden. In deren Augen war ich natürlich des Teufels Tochter. Ich war die Sünde in Person, denn weder teilte ich deren Meinungen über Gott und die Welt noch folgte ich deren subjektiven Einstellungen gegenüber Erziehung und Religion. Ich weiß. Es ist absolut übertrieben, was ich hier gerade schreibe, aber meine Mitmenschen machten mich manchmal richtig wütend. Sagen wir so: Ich war einfach anders und vertrat gerne meine eigenen Vorstellungen. Und das störte die Menschen um mich herum. Ich wusste es bereits und die anderen wussten es auch: Ich war ein "freier Geist."

Leider war meine geliebte Großtante, die ich als kleines Kind so sehr bewundert hatte, meiner Meinung nach nicht mehr ganz dicht im Kopf. Durchgeknallt. Es lag bestimmt an ihrem Alter und dem vielen Wein, den sie auch als Kind trinken durfte. In ihrer Jugend gab es kaum Brot. Aber Wein? Immer. Ich habe sie so sehr geliebt, dass ich angeblich bereit war, alles mit und für sie zu tun, sogar mit ihr auf der Hühnerstange zu übernachten. Es war natürlich ein Test von ihr, um in Erfahrung zu bringen, ob ich sie wirklich liebte. Ja, ich liebte sie. Mit Sicherheit. Großtante Benedita, ein einzigartiger Mensch, eine wunderhübsche reife Dame, war in meinen Augen nur etwas verwirrt. Sie erzählte viele Märchen und das Schlimmste war, dass sie selbst ganz fest an diese glaubte.

Sie war sehr unruhig und redete ununterbrochen. Im Grunde war sie auf jeden neidisch. Sogar auf mich. Ein Charakterfehler, den sie niemals zugeben würde. Ein Ausdruck ihrer Unzufriedenheit. Das machte mich sehr unglücklich, denn sie, die extrem Gläubige, erzählte, ich sei vom Teufel besessen, denn ich war wild und ungehorsam. Leider war sie infolge dieser unbegreiflichen Gedanken und Eigenschaften sehr unglücklich. Das wusste sie aber nicht. Noch nicht.

Ihr Mann war ihr ruhender Pol. Trotzdem hatte sie sich auch in den neuen Pfarrer verguckt. Verstehen konnte ich das etwas. Was soll man machen, wenn man schon so viele Jahre verheiratet ist und nichts Neues, Aufregendes erlebt?

„Mit deinem Großonkel ist es immer das gleiche. Er kommt nach Hause, isst, setzt sich vor den Kamin und während ich mit ihm rede, schläft er einfach ein und beginnt zu schnarchen. Kann mir irgendjemand sagen, wozu ich einen Mann habe?" Mein Großonkel war ihr einfach zu ruhig und war, so wie ich es beobachten konnte, nicht in der Lage ihr Feuer zu löschen, und so wurde sie zu einer Strenggläubigen. Irgendwo musste sie mit ihrer ganzen Energie hin, die sich mehr und mehr staute; sie musste in irgendeine Richtung gelenkt werden. „OM" hätte ich sagen sollen, hätte ich ihr beibringen sollen. Nur war ich leider noch nicht so weit und sie zu alt, Konventionell und eingefahren. Und nun liebte sie auf ihre Art ihren Gott über alles, und am meisten liebte sie ihren neuen Pfarrer.

Vielleicht war der neue Pfarrer für sie wie eine Brücke zum Allmächtigen. Der nette, disziplinierte, organisierte und konsequente Pfarrer hatte aber nur Augen für junge Mädchen. Ich konnte fühlen, wie er diesen Blick benutzte. Man hatte das Gefühl, als stünde man plötzlich nackt vor ihm. Ein Draufgänger. Für meine Großtante war das nicht wichtig. Sie nahm an jeder Sonntagsmesse teil. Nahm teil an jedem Wochentreff, um über Gott und die Engel zu reden. Vor allem begann sie die Bibel zu studieren, um ihren neuen Helden zu beeindrucken... Ich musste mir das alles anhören. Apokalypse, Saul de Tarso war nicht der Heilige Paul etc. Allgemeinbildung ist wichtig, aber meine Geduld war am Ende.

„Richtig informiert bist Du auch nicht, Großtante. Natürlich ist Saul der Heiliger Paul. Er hat nur später seinen Namen geändert", korrigierte ich sie. „Nein, das stimmt nicht. Du hast keine Ahnung." Ich versuchte es weiter. „Doch, Tante.

Recherchiere bitte und Du wirst sehen." Da antwortete sie sehr giftig: „Ich bin mir absolut sicher und ich werde den Herr Pfarrer noch mal fragen, und dann wirst Du sehen, dass ich richtig liege." Na ja. Da hat sie ihre Gelegenheit, sich mit ihrem Helden zu treffen. Ist das gut, oder böse, was sie da macht? Was würde Paul, der Apostel, dazu sagen? Ist das nicht relativ? Aus welcher Sicht könnte das beurteilt werden? Oh, lieber Großonkel, wach auf und schau nach deiner Frau.

Meine perfekte Welt

„Falls Gott die Welt geschaffen hat, war seine Hauptsorge sicher nicht, sie so zu machen, dass wir sie verstehen können·"
(Albert Einstein)

Großtante war sehr hübsch an diesem Tag und sah so glücklich und jung aus, wie lange nicht mehr. Sie trug ihre lockigen braunen Haare offen bis zur Schulter, eine weiße Bluse, die tief ausgeschnitten war, und wie immer einen kurzen Rock. Ihre schmale Taille und ihre langen Beine verliehen ihr Eleganz und Schönheit. Sie war an diesem Tag, wie immer, ein echter Hingucker. Sie trug nur Röcke mit Blumen. An windigen Tagen hob sich der Rock unkontrolliert so hoch, dass man ihre perfekt geschnittenen Beine und Unterwäsche sehen konnte. Ich sage nur: Marilyn Monroe in Blumen. Mit ihrem hübschen Rock ging sie die Straße hoch, richtung Kirche, denn sie hatte eine Audienz mit Pfarrer Diogo, dem neuen Pfarrer, ihrem Hobby.

Gedankenlos machte ich mich auch auf den Weg, denn ich hatte eine Verabredung mit Cousine Seila in der Nähe. Ich war sehr glücklich darüber, denn Mutter ließ mich nicht so oft gehen. Sie war meistens sehr anhänglich und ich hatte sehr viel Mühe, sie zu überzeugen, warum ich ab und zu unser Zuhause verlassen müsste. Aber was mich draußen erwartete, schlug in dieser Zeit für mich alle Rekorde. Hätte meine Mutter das gewusst, hätte sie mich bestimmt nicht aus dem Haus gehen lassen.

Seila lebte in der Nähe der Kirche und da sie noch nicht zu Hause war, entschied ich mich, in die Kirche zu gehen. Die Tür stand offen. Die vielen langen Bänke waren leer. Ich wandte mich zum Altar und sah die wunderschöne, perfekt geschnitzte Heilige "Conceiçao". Überall lagen frische Blumen. Die Spardose gefüllt mit Geldspenden. Neben dem Heiligen Antonios gab es einen Eingang zum Nebenraum. Ich hörte Stimmen und ging leise hinein. Heiliger Strohsack.

Was sah ich? Was hörte ich? Versteckt hinter der Tür, die sich nach außen öffnen ließ, sah ich, wie Pfarrer Diogo Großtantes Körper überall streichelte. Unter der Schulter steckte er beide Hände in ihre Bluse und begann, ihre Brust zu streicheln. Er blieb lange in dieser Position. „Die sind so weich." Nun ging es weiter, und seine Hand fasste den Rock mit dem Ziel, ihn zu heben. „Du hast einen wunderschönen Rock. Welche Farbe hat deine Unterhose?" „Du kannst es selber sehen", sagte sie. Er fiel in dem Moment auf die Knie, und jetzt war Großtantes Rock komplett hochgehoben. Er streichelte sie. Seine Hand legte er ihr zwischen die Beine, zog ihr gleichzeitig mit der anderen Hand das Höschen runter und…

Was mich angeht, ich hatte genug gesehen und lief voll Panik weg. „Ich liebe Dich", hörte ich noch aus der Entfernung. Ich war schockiert. Ich hatte beschlossen, niemandem davon zu erzählen. Vielleicht Seila.

Somit war mein Glauben an die Kirche vollständig hin. Jawohl. Sie hatten es geschafft. Schönes, ekelerregendes Erlebnis im Gotteshaus. Willkommen im wahren Leben. Niemand würde mir das abkaufen. Nicht bei diesen beiden Figuren. Aber wo die Liebe hinfällt.

Großtante Benedita wohnte bei mir nebenan. Wenn sie gerade nicht mit ihrem Hobby, der Kirche und dem lieben und netten Pfarrer Diogo beschäftigt war, sang sie. Sie sang über Gott. Sie übte für die nächste Messe, denn sie war die Sängerin dort, und sie war stolz darauf. Der Höhepunkt ihrer Karriere. Träume. Das tun wir alle. Die Frage ist, ob wir in der Lage sind, zwischen Phantasie und Realität zu unterscheiden.

Während meine Großtante sang, vertiefte ich mich in meine Welt. Eine Welt, deren Herrin ich war. Eine Welt, die ich gestaltet habe, so wie ich sie mir vorstellte. Auch ich war Sängerin hier und sang laut. Sehr laut. So laut ich konnte und ich sang sehr gerne. Ich war frei, sang für meine Bäume: Eichen, sehr große Eichen, Feigen- und Kastanienbäume. Alle applaudierten begeistert. Der Wind brachte ihre Blätter in Bewegung und sie applaudierten ununterbrochen. Erleichtert bedankte ich mich und ging weiter. Mit meinem Pferd ging ich den kleinen Weg herunter, der war in meiner Phantasie die Hauptstraße meiner Welt. Ich traf Bürger und Bürgerinnen.

Ich begrüßte sie alle. Die kleinen, grünen Pflanzen, die circa einen Meter groß waren, lächelten mich an und begrüßten mich. „Hallo, Ihr Lieben, wie geht es Euch? Habt Ihr genug Wasser? Genug Brot? Seid Ihr glücklich? Wenn nicht, kommt in mein Schloss, bittet um Audienz, und redet mit mir darüber. Aber kommt nicht auf die Idee! ...Kein Sex bei Audienzen."

Da die Welt, in der ich wirklich lebte, zerrissen war, vor allem durch das Erlebnis mit Großtante Benedita und Pfarrer Diogo, versuchte ich in meiner Phantasiewelt eine moralische und ethisch saubere Welt zu schaffen, in der Ordnung eine große Rolle spielte. Von meinem Thron, dem Stamm einer gefällten großen Eiche in Großtantes Garten, beobachtete ich alle meine Untertanen. Ich war eine glückliche Königin mit einem glücklichen Volk. Ich wurde die Gerechte genannt, Alleinherrscherin, Diktatorin.

Im Erwachsenenalter fiel mir durch solche Erinnerungen ein, dass ich die Tendenz zum Kommunismus hatte. Mein Ideal ist auch heute noch: Alle sind gleich, nicht mehr oder weniger.

Ein Ideal, das nicht funktionieren kann. Nicht mit unseren Eigenschaften. Außer vielleicht in meiner Phantasiewelt. Ist diese Welt meine Realität? Ist es möglich, sich darin zu verlieren? Sind wir in der Lage, Wirklichkeit und Phantasie zu unterscheiden? Wo leben wir? Welche dieser Dimensionen, die ich wahrnehme, können wir als Wahrheit betrachten? Vielleicht beide.

Das Schlimmste ist die Gewöhnung

„Wo von der Fülle des Glanzes und dem Zauber des Unerwarteten deine Augen geblendet sind, da musst du die Augen des Herzens auftun· Die werden bald erkennen, welcher Glanz vergänglich, welches Gold echt oder Flitter ist·" (Karl Ferdinand Gutzkow)

Nachdem ich meinte, mein Königreich ausreichend mit meiner Anwesenheit beglückt zu haben, beschloss ich, in der Dämmerung nach Hause zu gehen. In der Küche fand ich meine Schwester Rita, die in Gedanken versunken zu sein schien. „Ich habe Lust auf Kuchen, aber Mama erlaubt es bestimmt nicht. Möchtest Du mir trotzdem helfen? Mama bekommt es bestimmt nicht mit." Ziemlich überrascht von ihrer Entschlossenheit; sie wurde bei jedem kleinen Fehler von Mama verprügelt; zeigte ich mich einverstanden. Voller Freude begannen wir zu backen. Der Kuchen war ziemlich klein, sah aber lecker aus. „Jetzt stellen wir ihn in den Kühlschrank und warten", sagte Rita. Ich fragte mich, warum wir warten mussten, denn es war ein kalter Kuchen aus Keksen, den man sofort essen konnte. Aber ich akzeptierte es, denn sie als ältere Schwester wurde immer von mir respektiert. Obwohl mir klar war, dass sie meine Hingabe ihr gegenüber ziemlich oft missbrauchte. Sie wusste nicht, dass sie eine Vorbildfunktion für mich hatte, aber das wusste ich auch noch nicht.

Ich wartete den Rest des Tages, die ganze Nacht bis zum nächsten Tag darauf, dass sie mich rufen würde, damit wir den Kuchen zusammen genießen könnten.

Als mir die Zeit zu lang wurde und mir das Wasser im Mund zusammenlief, wagte ich einen Blick in den Kühlschrank, um das leckere Kunstwerk zu betrachten. In diesem Moment traf mich der Schlag. Der Kuchen war weg. Übrig waren nur der Teller und ein paar Krümel darauf. Mir war nun alles klar. Meine Schwester hatte mich betrogen und den Kuchen ganz allein gegessen. Die Enttäuschung traf mich wie der Blitz.

Der Egoismus meiner Schwester überraschte mich. Bis dahin ging ich davon aus, dass sie genau wie ich Freude daran hätte, mit mir zu teilen. Aber die Erkenntnis wog schwer: Dem war nicht so und die Vorbildfunktion war stark erschüttert. Oder meine Schwester war einfach nur sehr hungrig. Anschließend wollte ich nur, dass das Gefühl der Enttäuschung vorüber geht.

Wer bin ich? Ich bin das Unbekannte, geprägt durch gewöhnliche Einstellungen. Wer interessiert sich für diese Berichte? Meine Berichte. Ich bin kein "Star", keine Prominente oder irgendeine bekannte Persönlichkeit. Oder doch? Eine unvermeidliche Ambivalenz, die meine Erfahrungen einfärbt. Verfolgung durch Fluch und Segen. Der Segen, ein "Star" zu sein. Ein Stern, ein gewöhnlicher, der in der Mitte von tausend anderen lebt, mit durchschnittlichen Qualitäten. Durchschnittlich?

Vielleicht nicht. Du würdest vielleicht einen aufregenden Krimi lesen wollen oder etwas Esoterisches, vielleicht einen Liebesroman mit einem Happyend, oder wissen wollen, wie zum Geier lerne ich positiv zu denken damit ich endlich Erfolg habe. Alles quadratisch, praktisch, gut. Nein, es ist komplexer. Der Fluch liegt in dieser Komplexität, aber auch in dieser gleichen Komplexität finden wir den Segen. Du muss es nur verstehen. Deine noch durchschnittlichen Qualitäten werden sich potenzieren, wenn Du diese Komplexität verstanden hast. Eine einfache Formel ist hier versteckt. Deine eigene Formel ist in dieser Komplexität versteckt. Finde Sie.

In unserem verwirrten Lebenstanz schauen wir oft an dem Wesentlichen vorbei: Wie kann ich mich weiterentwickeln, damit ich frei von Fehlern lebe?

Stärke fühlen, denn Wissen ist Macht, sagt man. Ja, Wissen ist Macht. Dieser Satz prägt mein Leben. „Lieber Gott," betete ich öfter „sag mir bitte, wie erlange ich Wissen?" Was ist Wissen? Warum muss ich das? Ja, ich weiß. Meine Waffe ist das Wissen. Denn ich bin das, was ich weiß. Wissen, Weisheit, Weisheit und Wissen. Ich suche die Weisheit, nicht das Wissen. Eigentlich will ich beides... Ich, ich, *ich*, ich. Bla, bla, bla, bla, bla... Ich gut, ich die Beste. Ich das Ego. Ich schlecht, ich nicht Existenz, ich depressiv, ich Tod. Ich die Weise, ich der Erleuchtete, ich, der alles kann, ich, der nichts kann. Das Ich, das ich vertrete, ist so groß, dass ich nicht in der Lage bin, meine eigenen Zehen zu sehen. Aber, die Fußnägel müssen leider geschnitten werden.

Hi, wer bist Du? Ich bin so beschäftigt mit mir selbst, dass ich Dich übersehen habe. Ja, Du. Warum kenne ich Dich nicht? Weil ich Dich nicht sehen kann. Ja, ich weiß. Mein großes Ich steht gerade zwischen uns beiden. Du weißt natürlich, das große Ich soll mich retten und retten und retten.

Auch jetzt habe ich leider keine Zeit. Denn ich muss gerade nach rechts und nach links dann geradeaus, dann zurück, damit das, was ich gerade vertrete, wieder neuen Aufschwung nimmt. Habe keine Zeit für Dich. Retten? Vor wem?

Ah, ja. Vor Dir muss ich mich retten. Ich kenne Dich nicht, deswegen muss ich mein großes Ich retten. Verwirrend. Denn eigentlich bist Du genau so wie ich.

Du bist mein Freund, weil ich Dein Freund bin. Nein, nein. Besser ist, Barrieren zu bauen. Kann sein, dass ich mich zu sehr zeige. Dann erkennst Du mich und gleichzeitig ich Dich. Ich sehe Dich und gleichzeitig mich. Bitte sieh mich nicht an, kann sein, dass Du meine krumme Zunge siehst …Haben WIR es erkannt?

Also, entweder sind wir gegeneinander, oder wir gehen zusammen in eine Richtung. Ich gebe Dir meine Hand. Bitte komm näher. Du fasst sie an. Du spürst meine Haut. Ja, das ist die Eingangstür. Ich lade Dich ein. Bist herzlich willkommen. Jetzt. Du bleibst stehen. Komm doch bis zum Eingangsbereich.

Wir bleiben stehen. Keinen Schritt weiter. Wir starren. Unbeweglichkeit. Die Nähe ist zu groß, Du kannst mein Herz erreichen. Sogar erdrücken. Verletzungsgefahr erobert die Atmosphäre. Nähe, Nähe und nochmal Nähe.

Ich bekomme keine Luft... Freiheit.

Frei sein? Wovon? Von wem?

Öffne meine Arme und lasse mich fallen. Fliege durch die Wolken, tauche in das tiefe Meer. Beobachte die Schönheit der Blumen, genieße jeden Atemzug. Verschwinde in durchlässige Gefühle des Vertrauens. Kann ich Dir etwas Neues erzählen? Nein, natürlich nicht. Ich rede von Liebe. Diese Kraft, die uns dirigiert. Liebe ist das absolute Glück. Ist enorm, ist leicht, ist hell... sie erfüllt.

Ich lache. Lache laut, mit Genuss. Ich gebe. Gebe nur das, was Dich glücklich macht. Kannst Du dieses Geschenk annehmen? Öffne Deine Hände. Du bekommst es. Bitte nimm es. Ich glaube, Du verstehst es nicht. Es ist für Dich.

Es ist aber auch alles, was ich Dir geben kann. Auch wenn Du es jetzt nicht weißt, es ist von großem Wert.

Oh, ja. Du freust Dich, es tut Dir gut, es ist so groß. Du freust dich. Du hast es. Das Geschenk. Du packst es aus.

JA, da ist sie! So wunderschön. Und Du lachst und lachst und lachst. Sie ist da.

Sie ist immer noch da. Du drehst dich. Sie ist immer noch da. Du hörst auf zu lachen und gewöhnst Dich an sie. Sie ist einfach da: die Liebe.

Plötzlich wird sie nicht mehr beachtet.

Sie war nur da. Du drehst Dich, schaust zum Horizont. Es wird dunkel. Wir schmecken das Salz. Tränen rollen. Es regnet.

Omas Mantra

"Ave Maria

Ave Maria· Jungfrau mild,
Erhöre einer Jungfrau Flehen,
Aus diesem Felsen starr und wild
Soll mein Gebet zu dir hinwehen·
Wir schlafen sicher bis zum Morgen,
Ob Menschen noch so grausam sind·
O Jungfrau, sieh der Jungfrau Sorgen,
O Mutter, hör ein bittend Kind·
Ave Maria·

Ave Maria· Unbefleckt·
Wenn wir auf diesen Fels hinsinken
Zum Schlaf, und uns dein Schutz bedeckt
Wird weich der harte Fels uns dünken·
Du lächelst, Rosendüfte wehen
In dieser dumpfen Felsenkluft,

O Mutter, höre Kindes Flehen,
O Jungfrau, eine Jungfrau ruft·
Ave Maria·

Ave Maria· Reine Magd·
Der Erde und der Luft Dämonen,
Von deines Auges Huld verjagt,
Sie können hier nicht bei uns wohnen,
Wir woll'n uns still dem Schicksal beugen,
Da uns dein heil'ger Trost anweht;
Der Jungfrau wolle hold dich neigen,
Dem Kind, das für den Vater fleht·
Ave Maria·"

(Franz Schubert 1568)

„Ave Maria, Ave Maria, Ave Maria"

Oma, bitte, was beten wir hier? Warum knien wir und beten um Verzeihung?

Ich habe nichts getan, Großmutter. Wir drehen uns im Kreis. Wir finden keinen Weg nach draußen. Die wunderschöne Kirche, die einen Altar aus Gold besitzt. Die reiche Kirche, die meine Großmutter besitzt. Das Fliegen in der Welt der Mantras, die uns eine Gehirnwäsche verpassen. Wir beten. Wir beten den Rosenkranz. Meine süße Oma und ich beten den Rosenkranz. Dabei sah meine Oma zu mir und fragte: „Was machst Du denn da?" „Ich bete wie Du, Oma."

„Du kannst den Rosenkranz nicht benutzen, oder?" „Doch Oma, das kann ich. Ich zeige es Dir." Ich nahm eine kleine Kugel in die Hand und sagte Ave Maria, dann die zweite Kugel und sagte wieder Ave Maria. Fünf mal. Bis zur etwas getrennten Kugel, und dann sagte ich: „Vaterunser und so weiter."

Huch, sie begann zu lachen. „Nein, Du machst es falsch. Du musst bei jeder Kugel das komplette Ave Maria sagen sowie das Vaterunser."

"Shit", Oma hatte mich erwischt. „Oma, das dauert viel zu lang." Na ja, ich begann zu meditieren, ohne es zu wollen. Ich bevorzugte die freien Gedanken. Lass sie kommen. Die Wiedergabe deines Umfeldes bildet deine Gedanken. Sie sind da, um dein Leben zu ordnen, nur leider kannte ich dieses Gesetz nicht. Vielleicht wollte ich es nicht wahrnehmen. Instinktives Wissen besitzen wir alle. Meine Oma, ein Gefühlsloch. Voller Emotionen und mit furchtbarer Angst vor dem Sterben. Der Gedanke und diese Angst verfolgten sie wie ein Geist. Ich hatte auch Angst um sie, denn ich habe sie wirklich sehr, sehr geliebt.

Sie hatte vierzehn Enkelkinder, aber ich wusste, ich saß ganz tief in ihrem Herzen. Eigentlich war sie der gesunde Ausgleich in meiner Erziehung, sowie ihr Mann, mein Opa. Mein Opa war groß, war stark, ein respektvoller Mann.

Später stellte ich fest, richtig geliebt hatte er meine Oma vermutlich nie. Wenn Oma sauer war, warf sie ihm immer wieder die heiße Affäre mit ihrer kleinen Schwester vor, die seit über fünfzig Jahren in Amerika lebte. „Willst du wieder zu Maria, ja? dann geh doch, du hässlicher alter Idiot." Ich muss sagen, dass ich das sehr mild wiedergebe, was Oma zu ihm sagte, denn sie war ziemlich, wie soll ich sagen, großzügig mit ihrer Wortwahl. Opa blieb immer still und gab keine Antwort. Ich liebte und liebe die beiden immer noch.

Sehr. Dem Himmel sei Dank, dass die beiden immer da waren. Vielleicht sind sie der Grund, warum ich mich zu älteren Menschen hingezogen fühle. Nichts gegen jüngere Menschen, denn sie sind sehr attraktiv, leidenschaftlich und intelligent. Das, was Oma und Opa sowie andere ältere Leute mir an Weisheit geben konnten, war für mich unerlässlich. Dieses Thema sollte man nicht unterschätzen. Man sollte an den Spruch denken: „Ein junger Hase kann schneller laufen als ein alter Esel." Ich sage nur: Generationskonflikt. Beide können viel liefern. Oh ja und wie... aber nur, wenn der Weg des Lebens, in Einklang mit der Natur verläuft.

Engel und Teufel

„Ich glaube, dass alle Menschen, die das Böse in der Welt verurteilen, auch verstehen müssen, dass dieses Böse ohne ihre eigene Mitschuld nicht existieren könnte." (Arthur Miller)

Intelligenz. Wer nicht liebt oder geliebt wird, kann sich nicht im Selbst entfalten. Ohne Liebe und Verständnis irren wir im Labyrinth der Leere. Der Sinn des Werdens, der hätte entstehen können, stirbt, bevor er geboren ist. In Gedanken reise ich in die Vergangenheit. In meiner damaligen weiterführenden Schule gab es Jungs. Jungs, die in dieser Leere schwammen, und Mädchen, denen die Entfaltung geraubt wurde. Wir Mädchen könnten viel erzählen. Unsere Berichte wären eventuell nicht glaubwürdig genug. Wer möchte schon so etwas Grausames hören? Besser ist: Nicht hinsehen, nicht hinhören und die Wahrheit verschweigen. Was für eine Paradoxie.

Der Bus fuhr uns zur Schule. Morgens um acht Uhr schien alles ganz normal zu sein. In der Schule verliefen die meisten Unterrichtspausen nach Routine, bis gewisse Mitschüler auf merkwürdige Ideen kamen. Aus irgendeinem Trieb erfanden sie fantasielose sexuelle Rituale Diese Taten waren sehr fremd und, wie ich es heute beurteilen will, einfach lächerlich. Es verlief folgendermaßen: Jedes Mal, wenn diese Jungen ein Mädchen in die Finger bekamen, wurden diese Mädchen betastet bis hin zu den intimsten Details ihrer Körper. Es gab keine Möglichkeit, sich zu schützen. Die Mädchen waren ausgeliefert und psychisch ausgeraubt. Es war beschämend, krank und unverständlich.

Aber ich muss sagen, sie waren nicht alle so. Es gab auch einige, die ganz respektvoll mit uns Mädchen umgegangen sind, aber die Mädchen geschützt haben sie auch nicht. Bloß nicht die Ehre der Jungs ankratzen. Hatten sie einen Kodex oder was? Bloß nicht hinsehen... Nur zur Erinnerung: Passive Haltungen sind genau so schuldig wie aktive. Das weiß jeder.

Wo sie heute alle nach so vielen Jahren sind, weiß ich nicht. Ich weiß nur, diese Menschen waren nicht ganz hell. Eins ist sicher. Diese Erfahrungen formten diese Wesen in entgegengesetzte Richtungen. Dieser Missbrauch formten deren Geist und verletzte eine individuelle Seele. Und zwar beidseitig.

Die Hände auf meinem Körper, deren Atem an meinem Hals, ein ekelerregendes Gefühl. Ich fühle diese Hände zwischen meinen Beinen und ich fühle, wie meine Seele gerade erstickt. Meine Arme sind durch den starken Handgriff hinter meinem Rücken gefesselt. Diese Hände wandern durch meine Oberschenkel in Richtung meiner Brust und greifen sie fest unterhalb des BHs. Es ist eine

Sackgasse und ich finde keinen Ausweg. Deren Lippen pressen auf meine und der Geschmack nach kalten Metall vernarbt gerade auf energetischer Ebene viele Nervenbahnen in meinem Körper. Gerade in diesem Moment bin ich in einem Dornröschenschlaf gefallen. Es gab nur eine Hoffnung: Von einen Prinz irgendwann geweckt zu werden. War dies die meine Wirklichkeit? Kann ich diese Erfahrungen, oder kann ich diese Art von Information des Lebens einfach löschen? Und wenn ja, wie? Ich könnte so tun, ob dieses nur ein schlechter Traum war... ja, es ist es. Denn Dornröschen schläft gerade.

Na ja, was kann ich heute dazu sagen? Meine Gedanken sind verstummt. Allein? Ich war nicht allein. Wir waren viele Mädchen. Mädchen auf der Suche nach Glück. Danke, Jungs. Sehr nett. Ah. Natürlich. Habe etwas vergessen. Jetzt kommt der Weise, der sagt: „Lerne, zu vertrauen. Lerne, zu verzeihen, lass los..." NEIN. Ich bin wütend, sauer, enttäuscht, und das möchte ich ganz laut sagen. Geht zum Teufel ihr Arschgeigen. Ich hoffe ihr bekommt eure Lehre. Dank euch bin ich heute teilweise sexuell und sozial verstummt. Bildlich sah ich mich in dem Moment so an: Ich stehe einfach so da, eine Wand liegt vor mir, mein Zeigefinger weist in alle möglichen Richtungen und dabei spreche ich die Wand weiter an. Ich weiß aber, dass niemand mir zuhört. Vielleicht nur diese eine graue Wand, die vor mir stand. Ist doch klar, dass die Lust auf Schule, Lernen und Weiterbildung dadurch komplett zerstört wurde. Klingt verrückt, aber ich hatte mich doch dafür entschieden, weiter zu leben.

Neben diesen merkwürdigen Erfahrungen erlebte ich auch Schönes. Persönlichkeiten, die einem ans Herz gewachsen waren. Menschen, die wussten, was Respekt hieß. Menschen, die sich, in meinen Augen, richtig verhielten. Menschen, die sich verlieben konnten. Ich werde jetzt über Gabriel erzählen, ein Geschenk dieser Zeit. Man glaubt, Engel können oft die Gestalt von Menschen annehmen. Ob man dran glaubt oder nicht, ist jedem Einzelnen überlassen. Engel ist nur einen Name, den man benutzt, um etwas Schönes, Gutes, Warmes und Unerreichbares zu benennen, dessen Dasein man mit gegenseitigem Vertrauen wahrnimmt und akzeptiert. Wenn man diese Menschen auf seinem Weg trifft und man sie als Engel auf Erden wahrnimmt, sie zu einem Engel auf Erden erklärt, wenn das so ist, dann habe ich im Laufe meines Lebens unzählige Engel getroffen.

Gabriel war eine schöne Seele, die man kaum beschreiben kann. Eine einzigartige Seele, die wie viele andere, Vertrauen erweckte und Schönheit ausstrahlte.

Der Engel Gabriel stand vor meiner Tür, er hatte geklopft, aber es wurde nicht aufgemacht. Er zeigte mir seine Liebe auf eine besondere Art und Weise. Ohne Drang. Er war einfach nur da. Und sein Licht war hell. Trotzdem konnte ich es nicht sehen. Ich litt unter starker Blindheit und ich blieb für sehr viele Jahre blind.

Gabriel war für mich der "Herr der Ringe". Es war sein letzter Versuch. Ich hatte Geburtstag und stand wie gewöhnlich zu meiner Zeit auf. Mit dem Wunsch, diesen Morgen zu genießen, lief ich zur Haustür, denn ich wollte im Garten die Sonne genießen. Unerwartet stolperte ich in eine riesige Kiste. Ein Geschenk. Ein riesiges Geschenk mit einer großen Schleife stand am Eingang. Neugierig, überrascht und voller Freude öffnete ich das schöne Paket. Darin lag ein zweites Paket. Ich öffnete dieses neue Paket und ein drittes Paket erschien. Auch das wird wieder geöffnet... dann ein viertes. *Oh. Ein Spiel.* dachte ich. Ich fand es langsam sehr lustig und öffnete das neue Paket. Nun fand ich, wie erwartete, ein weiteres Paket. Dieses mal aber winzig klein. Ich hielt es in meiner Hand und vorsichtig, denn ich genoss die Spannung. Ich öffnet es langsam und ein wunderschöner, schlichter Ring war zu sehen. Ein Ring aus Silber und mit einem kleinen weißen Stein verziert. Mein Herz war berührt. Er war wunderschön und ich steckte ihn sofort an meinen Finger. Er passte genau.

Meine Schwester sprang unerwartet hinter einer Ecke hervor und schaute den Ring an: „schön", sagte sie. „…und ich soll es Dir sagen: Er kommt von Gabriel." Nachdem sie die Information abgeliefert hatte, verschwand sie so schnell wieder, wie sie aufgetaucht war. Ich schaute den Ring an und spürte gemischte Gefühle. Zwischen Dankbarkeit, die mein Herz erwärmte und Angst, die mich dazu drängte ganz schnell weg zu laufen. Aber wohin?

Trotz der gemischten Gefühle genoss ich diesen wundervollen Moment. Ich genoss ihn so lange ich konnte. Er wollte mir seine Liebe schenken. Das einzig Wahrhaftige, was er mir geben konnte. Etwas von großem Wert. Nur ich war mir dessen nicht bewusst. Noch nicht. In diesem Augenblick der Hingabe jedenfalls vergaß ich für einen kurzen Moment die Grausamkeit und Verrücktheit anderer Mitglieder dieser Welt.

Meine Vorwürfe gehen nun weiter. Die Kirche beispielsweise. Meine Freundin, die heilige, katholische, apostolische und romanische Kirche. *Minha culpa, minha culpa, minha culpa, minha tão grande culpa.*

Alles, was ich tat, war *mea culpa. DEUS OMNIPOTENS, MEA CULPA.* Was bist du doch für ein Tyrann, Gott. Wenn nur die Religion nicht wäre. So gesehen: Ich glaube, ich bin besser als Du, Gott, oder warum bin ich so schlecht, wie beide Pfarrer und das gesamte Umfeld behaupten? In was für einem Dreck bin ich groß geworden? War das vielleicht nur meine Wahrnehmung? Habe ich etwas falsch verstanden? Oder nicht richtig interpretiert?

Wir, meine Freunde und ich, gingen weiter zum Unterricht. Eigentlich sollten wir froh sein, dass wir alle lesen konnten: Wahres Wissen wurde uns nicht beigebracht. Es könnte ja töten und dann wäre die Hölle los. Mit dem Teufel als Betreuer.

Auf keinen Fall. Dafür haben die Verantwortlichen ganz schön für gesorgt. Der liebe Teufel kann da bleiben, wo er will, aber hier zu uns kommt er auf keinen Fall... oder doch? Was ist schon die Wahrheit?

Herzlichen Glückwunsch, liebe Leute. Man hatte uns beigebracht: Betastet werden, Sex ist eine Sünde, sich schuldig zu fühlen, schwach sein, dass wir dumm sind... aber Algebra und fehlerfrei schreiben. Und wehe, Du konntest nicht, was erwartet wurde... dann gab es... Prügel. Witzig, oder? Ich lache ja auch ununterbrochen.

Wer braucht Wissen? Wofür? Aber, dass wir eigentlich keine Dummerchen waren und wozu wir fähig, waren interessierte keinen. Wir hatten gelernt... jetzt kommt es, es ist ganz wichtig. Achtung: NICHTS. Nichts, dass uns unterstützt hätte, eine gesunde Entwicklung fortzuführen.

Zum Glück waren viele von uns klug genug zu reflektieren, zu analysieren und Verbesserungen zu vollbringen. Nur das Tempo war nicht so gut. Ist nicht so gut.

Wir, in der heutigen Zeit, sind immer noch da, wo wir waren, als wir klein waren. Immer noch so blind, dass wir uns von politischen, wirtschaftlichen und religiösen Systemen alles sagen lassen. Ohne jegliche Beweise für das, was wahr ist oder auch nicht. Es ist wie es ist... und jeder muss es glauben. Punkt.

Hörner und Flügel

„Die Summe unseres Lebens sind die Stunden, wo wir lieben·" (Wilhelm Busch)

Was ist schon richtig? Was ist falsch? Es werden uns die unterschiedlichsten Wahrheiten vorgeschrieben. Wahrheiten über dieses und über jenes. Wofür? Wieso können wir nicht einfach loslassen, warum unterwerfen wir uns allem dermaßen? Warum lassen wir zu, dass Fremde, die keine Ahnung über unser Leben haben, uns eine Vielzahl von Dingen in den Kopf injizieren? Und wir hinterfragen nichts. Warum versuchen wir ständig, die Kontrolle über Emotionen, über das Ich, Über-Ich und was auch immer zu bekommen? Sind wir so verwirrt? Haben wir die Berechtigung zu unterscheiden, was gut und böse ist? Was sind wir? Sind wir nur Informationssammler? Werden wir jemals diese Fragen beantworten können? Und müssen wir das überhaupt? Sind wir vielleicht halb Engel und halb Mensch? Sind wir in einer Übergangsphase? Sind wir nichts davon? Sind wir vielleicht ein Teil Gottes, der eigentlich nur erfahren möchte: Besitzt Gott auch ein Ego? Sind wir der Widerschein einer hohen Intelligenz?

Was wir wissen: Ohne Nichts keinen Raum. Ohne Raum keine Form. Wir haben es in uns. Wir sind das Nichts, das Raum schafft, und der Raum, der die Formen hält. Und wohin soll die Reise noch gehen? Sind wir deswegen so in einem riesigen Labyrinth gefangen, weil wir nicht wissen, ob wir Gott oder Teufel sind? Ob wir Nichts oder Form sind? Ob wir wach sind oder träumen. Ob wir leben oder tot sind?

Ja, vielleicht. Viele von uns werden immer wieder wegen solcher Fragen in ein tiefes Loch fallen. Es ist die große Prüfung unseres Lebens. Entweder unterwerfe ich mich meinen irdischen Trieben oder ich bekomme Flügel. Der Verstand täuscht uns, verblendet uns.

Tut er das wirklich? Das Denken ist ein Alibi, die dicke Gardine, die nicht durchsichtig ist. Sie verhindert die Schaffung von Klarheit, oder wie können wir das nennen? Die Wahrnehmung einer anderen Dimension? Dimension. Über andere Dimensionen kann ich auch wieder reden. Dimensionen in dieser Dimension. Eines muss ich dazu allerdings noch erklären: Um die große Dimension erkennen zu können, ist es notwendig, die kleinen Dimensionen zu verdauen. Aber zunächst zu meiner eigenen Verdauung.

Auf der Erde haben sich weitere Kandidaten viel Mühe gegeben, um mich auf die Probe zu stellen. Bekomme ich Flügel oder Hörner? Verwandle ich mich oder nicht? Ist es vielleicht nicht die Tatsache, dass ich Mensch bin oder befinde ich mich schon mit einem Fuß in der Welt der Engel? In Gottes Welt? Und was ist Gott? Eine andere Form der Existenz? Ah. Diese Gedanken lassen mich nicht viel sehen. Diese Blindheit. Die Gedanken hängen. Sie hängen vor allem in der Vergangenheit fest.

Vater. Lieber Vater. Du, der mich gemacht hat, erzeugt hat. Vater, mein Vater. Heute bist Du tot. Ich kann es Dir heute nicht mehr ins Gesicht sagen. Aber Vater, wer hat Dich so zerstört? In meinen Augen konntest Du alles. In meinen Augen warst Du ein Held, ein Genie. Du beherrschtest die Rhetorik mit großem Charme. Deine Anwesenheit war für alle ein Segen. Sie wollten Dir zuhören, deinen Humor verschlingen. Du wurdest geliebt und doch hast Du die Liebe überall gesucht ohne zu wissen, dass sie in Dir war. Ganz tief in deinem wundervollen Sein. Als ich klein war, hoffte ich, für Dich unsichtbar zu sein. Deine Form von Liebe mir gegenüber war nicht immer verständlich, vielleicht sogar nicht anwesend. Aber, was erwartete ich? Du warst schon fast ganz leer... und trotzdem freute ich mich, in dem ganzen Umfeld, das Du unterhalten wolltest, auf ein paar Krümel von Liebe von Dir. Die Konsequenzen waren aber nicht zu vermeiden und meine Seele begann dunkel zu werden. Es gab nur einen Ausweg, dieser Dunkelheit zu entkommen: weglaufen. Verloren in einem Labyrinth versuchte ich, Dich zu finden. Bewusst und mit Hoffnung. Die Nähe und Distanz ist zu einem Rätselspiel zwischen uns beiden geworden. Ich entdeckte mich und verlor mich gleichzeitig. Ich entdeckte Dich und ich verlor Dich für sehr lange Zeit...

...Und ich verschwand. Wie kannst Du, jetzt wo Du tot bist, das Ganze jemals wieder gut machen? Wie finde ich das Vertrauen? Ich habe Dich geliebt. Und ich liebe Dich auch jetzt. Eine eigene Wirklichkeit begleitet mich Jahre lang. Eine Welt, auf einer unsicheren Basis aufgebaut. Momente der Irritation beherrschten meine Wahrnehmung. Dabei war ich oft eine Marionette in den Händen von Menschen, die am Rand des Wahnsinns waren. Wir waren nicht allein. Wir sind nicht allein. eine Dimension, die sich oft widerspiegelt. Verzeihe mir Vater, denn ich war nicht für Dich da.

Niemand war für Dich da. Ich weiß jetzt, wie sehr Du meine Seele bewunderst, ich Deine auch. Jahrelang dachte ich, wir hätten das Spiel verloren. Aber nein, haben wir nicht. Wir haben es gewonnen, Vater und Du bist nun in deinem Zuhause; in meinem Herzen. Dort gibt es ein großes offenes Fenster und wenn Du möchtest, entlasse ich Dich jederzeit ins Universum. Vielleicht bekommst Du dort doch ein paar Flügel. Und wenn Du möchtest, kommst Du wieder zurück. Bring weiße Federn mit, ich finde sie sehr schön. Du kannst auch Sterne mitbringen und wenn Du noch Platz hast, bringe Liebe mit und verteile sie über uns, vor uns, hinter uns, in uns und verschmelze Dich mit ihr. Wenn Du fertig bist, ...Engel, ...flieg in Frieden... und sei frei. Die Liebe verbindet uns und die Liebe befreit uns.

Enge, Respekt, Freiheit, Unfreiheit

„O Mutter, du weißt nicht, wie nötig ich dich habe; keine Weisheit, die auf Erden gelehrt werden kann, kann uns das geben, was ein Wort und ein Blick der Mutter uns gibt·„
(Wilhelm Raabe)

Nach vielen Jahren nennt mich Mutter Schatz, Liebes, Herz, Liebling und was sonst noch süß ist. Eine bessere Tochter könnte sie sich nicht vorstellen, erwähnte sie oft in letzter Zeit. Heute bin ich in ihren Augen die Beste. Ich erkenne sie nicht mehr, aber die neue Umgang gefällt mir. Eigentlich könnte ich so viel über Mutter erzählen. Mal sehen, ob es mir gelingt.

Heute war ich bei meinen lieben Freunden Stefan und Celia. Ich habe beide lieb, aber wenn ich an sie denke, denke ich an durchsichtigen Nebel. Ich kann hindurch, ich sehe sie. Ich genieße den Anblick, spüre die Schönheit, ihre Frische, ihre sanften Eigenschaften aber sie weichen mir aus. Verfließen mir durch die Finger.

Ganz im Gegensatz zu Mutter. Sie war da. Sie war immer da. Sie ist immer präsent und die Stärke ihrer Aura, ihre Energie kann mich über dreitausend Kilometer Entfernung erreichen. Keine Schönheit, keine Sanftheit, kein Genuss. Einfach so, abrupt und hart. Mutter hat einen Beruf gelernt. Sie lernte, Kleidungsstücke zu schneidern und zwar richtig gut. Mutter ließ für uns ein kleines Haus bauen. Mutter sorgte dafür, dass es immer Brot und Butter zu Hause gab. Mutter zwang uns zu arbeiten.

Ihre Wutausbrüche ließ Mutter in der Regel an meiner Schwester aus. Da war ich froh, dass ich die Jüngere war. Die Schwester hasste mich dafür, zumindest für eine Weile. Meine Mutter liebte meinen Vater abgöttisch, behielt ihn in ihrem Leben mit aller Macht, obwohl es nicht sein sollte. Warum nur? Das Ergebnis: Sie war unzufrieden, unglücklich und das mussten wir auch spüren. Wenn Mutter glücklich war, durften wir auch glücklich sein. Wenn Mutter unglücklich war, mussten wir auch unglücklich sein...

Ich liebe sie. Aber Mutter! Deine Härte.... Ich denke Du warst nicht bereit, Kinder zu erziehen. Wie? Wie kann man etwas geben, wenn man nichts bekommen hat und wenn es nicht beigebracht wurde. Die Überforderung war deutlich zu erkennen.

Soviel zu Mama. Ich denke, es reicht auch. Es gab nur ein einziges Mal Grund genug, mich zu bestrafen. Das tat sie aber nicht. Ab und zu entdeckte ich unglaubliche und überraschende Seiten an meiner Mutter. Ich hatte so eine wilde Phase: Drogen und Rock 'n' Roll. Ich wollte auch endlich cool sein und wir kifften Marihuana-blätter den ganzen Nachmittag. Warum denn auch nicht. Nach solchen verrückten Begegnungen und Erlebnissen blieb einem in dem Kaff ja auch nichts anderes übrig.

Es gab da so einen Typ mit roten Haaren und Sommersprossen. Er hatte es auf mich abgesehen, wollte mit mir gehen. Wollte mich haben, wie er es beschrieben hatte. Das war in Ordnung, aber dieses "haben" war für mich nicht ganz klar, was es bedeutet, und in meiner Naivität konnte ich nicht sehen, dass er nur eins wollte: Mich in die Kiste bringen. Als ich plötzlich seine Absicht verstanden hatte, kämpfte ich mit allen Ausreden dagegen.

Eines Tages kam für mich der Tag der Freiheit. Mit meinem abgerauchten, rothaarigen Freund entschied ich, nicht den Bus nach Hause zu nehmen. Nein, ich folgte ihm. Gefühle? Für ihn? Nein. Null. Trotzdem wollte ich sie. Aber auch nicht mehr. Taub, stumm, stumpf, einfach ohne jeglichen Ausdruck. Im Grund wollte ich nur cool sein. Ja, das Wort „cool" war damals schon sehr „in" für gewisse Situationen und bestimmte Verhaltensweisen.

„Ich möchte, dass Du meine Mutter kennen lernst", sagte er. *Das geht aber zügig*, dachte ich. Das Haus war alt, ungefähr hundert Jahre, und fast nur aus Holz. Ich wusste gar nicht, dass dieser Typ, der Markenklamotten trug, in so armen Verhältnissen lebte. „Sie ist ganz nett und lieb, Du brauchst keine Angst zu haben", berichtete er und ja, es stimmte. Sie war so lieb und nett, dass sie nur lächelte und kein Wort sagte. Einen Vater gab es nicht mehr, aber eine Menge Freunde. „Das sind meine Freunde: Pedro und Tiago kennst Du schon. Und dass ist Cuper und Figuera und wir werden jetzt etwas machen, das du noch nie gesehen hast. Bereit?" Oh Gott, fünf Typen und ich alleine als Mädchen dort. Großer Horror überkam mich.

Der rothaarige Typ nahm eine leere 0,7l Glasflasche und ließ den Boden dieser Flasche auf ein besondere Weise, die ich mir nicht erklären konnte, entfernen. Dann zerkleinerte er ein Stück Haschisch, gewonnen aus der weiblichen Hanfpflanze (Cannabis). Das Harz der Blüte wird zu Platten oder Blöcken gepresst. Für mich war es nur braunes Zeug, das wie Schokolade aussah. Ein Zeug, das fast jeder in dieser und angeblich vielen anderen Epochen kannte.

Circa 1/2 cm wurde von dem großen Stück abgeschnitten. Zwei Messer wurden an den Spitzen zum Glühen gebracht. Die Flasche nahm er zwischen seine Knie und mit einer freien Hand klemmte er das Stückchen zwischen die glühend heißen Messerspitzen und drückte sie fest gegeneinander. Was herauskam, war sehr, sehr viel Rauch. Der Rauch ging durch die offene Unterseite der Flasche direkt in seinem Mund. Dann inhalierte er kräftig, bis seine Lungen richtig voll waren.

Herzlichen Glückwunsch, du Rotschopf mit den Sommersprossen. Du hast dein Ziel erreicht. Wahrscheinlich fühlst Du Dich jetzt als Held der Gesellschaft. Ja, er sah so aus. Als ob er denken würde: Ich bin der Größte... *Sim, meu senhor*. Deine Aufgabe im Leben ist erfüllt. Jetzt waren alle anderen im Raum begeistert und wollten natürlich auch mitmachen. Auch Held sein und in diesen wunderbaren Zustand kommen. Vielleicht waren sie auch alle Helden. Wer würde wagen, das zu beurteilen. Nur ein Narr. Da fühlte sich der Rotschopf richtig stolz. Seine Mutter, die keine Macht mehr über ihn hatte, ging einfach aus den Raum.

So jetzt sollte ich dran sein, aber mein Verstand sagte nein. Wie üblich, Schwächen wurden niemals gezeigt. Was sind eigentlich Schwächen? Zu diesem Zeitpunkt konnte ich so etwas nicht unterscheiden. Was machte tatsächlich Schwächen und was Stärken aus?

Ich inhalierte den Rauch und kurz danach war ich, wie ich erklären kann, glücklich "high" und wie in einer besseren Welt. Um es zu erklären, ich genoss die Zeitlupe. Und ich weiß, was Sie, liebe Leserin und Leser, jetzt wissen möchten. Ja, ich fühlte mich wie ein Held. Besser gesagt, Heldin. Ich fühlte mich cool... und glücklich. Danke, Jesus Christus, ich weiß, Du kennst das Zeug hier. Oder kanntest es. Du bist jetzt tot. Bob Marley, Du bist der beste. Und deine Stimme war das zweite Highlight des Abends. Wir hatten Spaß. Zwar keinen gesunden Spaß, aber wir dachten, das Leben sei so. Auf diese Weise wunderschön.

Wir entschieden uns, in eine der bekanntesten Bars der Region zu gehen. Die Bar war voll und alle bewunderten mich. Dachte ich jedenfalls, denn meine Wirklichkeit war in diesem Zustand eine Entscheidung von mir. Wir tanzten und lachten. Ich war fast sechzehn. Ein Kind. Wo ist die Grenze für solche Erfahrungen?

Mister Rotkopf lud mich ein. Ich sollte auf sein Motorrad steigen und mit ihm fahren. Nächster Stopp: Das beleuchtete Hotel an der Schnellstraße. Kein Scherz. Ich weiß, es hört sich an wie ein amerikanischer Film, aber die Szene gab es wirklich. Er buchte ein Doppelzimmer, doch ich weigerte mich, mit ihm in das Zimmer zu gehen. „Sofia, es passiert nichts. Ich werde nichts tun, was Du nicht möchtest. Und außerdem, wir müssen schlafen." „Ich möchte aber mit Dir nicht zusammen in einem Bett schlafen. Ich möchte nach Hause", bat ich. „Viel zu spät. Wir müssen hier übernachten", antwortete Mister Rotschopf.

Das war alles so fremd, ich fühlte mich in meinem Bewusstsein beeinträchtigt und entscheidungsunfähig. Ich konnte spüren, wie dieses Zeug durch meine Adern floss. Ich fühlte mich frei und unfrei zugleich. Welch eine Ironie.

Wir gingen die Treppe hinauf und fanden das Zimmer am Ende des Korridors. Da war sie, die Tür. Ich wollte in das Zimmer gar nicht hineingehen. „Komm," sagte er und nahm meine Hand.

Nachdem er die Tür geschlossen hatte, überkam mich das Gefühl von Horrorvorstellungen. Sie waren so stark, dass ich eine innere Explosion wahrgenommen hatte. Mit anderen Worten: Ich implodierte gewaltig und um mich herum herrschte nur die Macht einer zerstörten Wüste. „Komm zu mir, lass mich dich umarmen. Du bist schön." *Ich möchte nicht mit dir schlafen,* dachte ich nur, denn ich konnte keine Laute von mir geben. *Und ich werde auch nicht mit dir schlafen. Egal, so stark der Drogenrausch auch ist. Konzentriere dich,* dachte ich weiter. Seine Hände spazierten um meine Schulter bis zu meiner Brust. Sie wanderten weiter bis zu meinem Bauch und ganz sanft spürte ich seine Finger zwischen meinen Oberschenkeln. Ich fühlte, wie sein ganzer Körper zitterte. Ich wusste nicht, für wen ich mehr Mitleid fühlen sollte, für mich oder für ihn. Er zog mich langsam aus. Teil für Teil. Das Oberteil, meinen BH, dann öffnete er behutsam die Knöpfe meiner Hose.

Ich lag da, nur mit Slip. Er küsste mich sanft. Auf die Lippen, Hals, Brust bis hin zu meinen Brustwarzen. Mit seinen Händen streichelte er mich bis in den Schambereich. „Stopp. Ich möchte nicht mehr. Lass mich schlafen. Es ist nichts passiert und es wird auch nichts passieren. Lass mich einfach in Ruhe, sonst verschwinde ich sofort."

Er war nicht der Richtige. Kein Funke, keine Sterne, keine Energie, keine Verbindung. Nichts dergleichen. Insgeheim hatte ich mir das gewünscht, aber es war nicht DIE Seele.

Überraschenderweise nahm er die Drohung ernst und wir schliefen ein.

Am nächsten Tag, als ich nach Hause zurückkam, saß Mama an ihrem Stuhl vor der Nähmaschine. Nachdem sie die Polizei auf mich gehetzt hatte sowie das ganze Dorf und die nächste Stadt, nähte sie, ihre Augen blieben konzentriert auf den Stoff in ihren Händen. Sie weinte leise und sprach kein Wort mit mir. Zum ersten Mal rastete sie nicht aus. Sie schwieg. Ob mir das wehgetan hat? Ja. Es saß tiefer als jeder Satz, als jede Strafe, die sie sich hätte sonst ausdenken können. Ich fühlte wie sehr ich sie verletzt hatte.

Ausdehnung des Geistes

„Wenn Du mir einen Namen gibst, verneinst du mich· Indem man mir einen Namen, eine Bezeichnung gibt, verneinst Du alle die anderen Dinge, die ich vielleicht sein könnte· Du beschränkst das Teilchen etwas zu sein indem Du es festnagelst... es benennst· Aber gleichzeitig erschaffst Du es· Du definierst es zu existieren·" *(Søren Kierkegaard)*

Halleluja. Jetzt sind Sie betroffen. Machen Sie sich keine Sorgen, dass Letzte, das ein Mensch braucht, ist Mitleid. Es zieht die Seele nur noch tiefer. Es ist keine Hilfe.

Hilfe? Wer braucht die schon. Erhebe Dich einfach. Ja ich sage Dir... nein, ich befehle es Dir: Erhebe Dich. Manchmal bin ich selber auch von den Socken, wenn ich selbst lese, was ich hier schreibe. Dann wird mir plötzlich klar, wie wichtig es ist, bewusst zu leben. Ich meine hier und jetzt. Obwohl ich weiß, wie viele Energie das kostet.

Es ist viel einfacher, in einer anderen Zeit zu leben. Da freut sich jede Supermarktkette, jede Boutique oder Werbeagentur... wer auch immer. Es soll bloß niemand auf die Idee kommen, bewusst zu leben. Das könnte Verluste bedeuten und die großen Monopole können sich nicht erlauben, auch nur 2% Verlust an ihrem Umsatz zu machen. Um Gottes Willen. Es könnte sein, dass sie alle verhungern würden. Oder deren Egos.

Also, lasst uns einfach leben. Wie wir schon oft gehört und gelesen haben: Lebe jede Aufgabe, egal welche. Lebe sie mit Lust, Begeisterung und Leidenschaft. Lebe dein Leben, nimm alles mit, denn du wirst alles brauchen. Das Ganze. Wir wollen eine vernünftige Entwicklung.

Entwicklung? Warum Entwicklung? Wer verlangt das? Warum muss ich mich entwickeln wenn ich einfach nur leben will? Eine gute Frage. Freiheit vielleicht? Wie wichtig ist eigentlich Freiheit?

Unterschrieben

Ich, der freie Geist.

Mit anderen Worten: Tun und machen, was man will. Was man will? Was zum Teufel will man. Können wir überhaupt mit Freiheit umgehen? Und ich betone ganz kräftig das Wort WILL. Nicht möchten oder wünschen, einfach nur wollen. Wir sind gefangen unter vielen Lebenseinstellungen. Obwohl, wir würden uns verloren fühlen wenn wir nur frei wären. Wie viel Literatur wir verschlingen in der Hoffnung, wir finden die richtige Formel, um glücklich zu sein. Frei zu sein. Ja, erfüllt zu sein. Die eine Suche, die ich, oder...wir seit Jahrtausenden fortführen. Die Antwort gefunden? Mehrmals. Vielleicht.

Momente. Gefühle. Manchmal nur für Sekunden, manchmal Stunden, manchmal Wochen. Jahre? Wahrscheinlich nicht. Bedeutet Glück Freiheit? Ohne Glück keine Freiheit, ohne Freiheit kein Glück. Toll. Wo sollen wir anfangen?

Wahrscheinlich wäre es auch zu langweilig, wenn ich dauerhaft glücklich sein könnte. Wie würden wir dann das Glück genießen, wenn wir das Unglück nicht erfahren?

Irgendwann entschloss ich mich durchzubrennen. Ab in die Freiheit. Alles tun und machen, was ich will. Die große Stadt erwartete mich. Glück und Freiheit. Achtung ihr Großstadtmenschen, ich komme. Öffnet die Tore, weil Ana Sofia einfach in DAS NEUE LEBEN KOMMT.

Ich habe viele Menschen dabei kennengelernt: Verbrecher, Lügner, Verräter, Fremdgeher, armselige Ratten, die nicht in den Löchern der Stadt wohnten sondern oberhalb. Ja. Und wieder Ja. Ihre Gemeinsamkeit war, dass sie alle dachten, sie seien die größten. Vielleicht waren sie das auch. Größer als ich. Aber nur vielleicht. Betrachtungssache. Und so unwichtig wie nichts auf der Welt.

Also: „Mutter... Vater, ich gehe. Werde meine Koffer packen und zu meiner Freundin in der Großstadt ziehen." „Wie? Wohin?" fragten sie. Ich wiederholte, was ich gesagt hatte und ging. Ich fand Arbeit in einer der bekanntesten Bars auf der Sonnenseite der Stadt. Sonnenuntergänge ohne Ende. Ich lernte Babete kennen, Carla, Sandra, Teresa, Carolina, Marta, der Chef Bento mit dem großen Schnurrbart, der meinte, er könnte jede Frau vernaschen und verschlucken.

Oh, der große, männliche, unwiderstehliche Bento. So eine Rolle und dazu so einen Name: Bento. Wer möchte als

Mann schon so einen Namen haben? Na ja. Frauen zumindest konnte er auch haben, aber nur die labilen, die Liebebedürftigen. Welche mit Sehnsucht nach der wahren und absoluten Liebe. Gefangene einer Illusion. So wie ich, könnte man sagen.

In diesem ganzen Zooladen lernte ich die einzige, meiner Meinung nach, gute Seele des gesamten Stadtviertels kennen. John, den Koch. Ein junger Mann, der halb Afrikaner und halb Portugiese war. Er roch immer lecker nach Essen. Seine Merkmale: Zahnlücke vorne durch einen fehlenden Schneidezahn. Sie brachte ihn dazu, zu lispeln. Und natürlich der regelmäßige Joint. Liebe Leser, Sie können sich jetzt vorstellen, dass ich natürlich die einzige war, die dieses Geheimnis mit ihm teilte. Wer denn sonst, außer mir, hatte so viel Verständnis? Es konnte nur ich sein. Lieber Gott, ich danke dir. Danke von ganzem Herzen.

John kam ab und zu zu mir und lispelte mich an: „Hey Sofi, ichss gehe in 'n Kessller machsse jetzsst ein ssJoings, hassst Du lussst?" Ich guckte nach rechts und links und wog ab: Bleibe ich oben und spiele die Giraffe und damit gehöre ich weiterhin in den Zoo, oder gehe ich runter und erfahre durch einen Joint ganz in Ruhe die Ausdehnung meines Bewusstseins. "Shivas" Welt: Er raucht, säuft und kopuliert, er ist der wilde gütige Gott, wie Wolf-Dieter Storl schrieb[1].

Ich schaute ihn an: „Hey John. Das ist nicht gut, was Du da machst." Er lächelte und seine süße Zahnlücke kam zum Vorschein und schaute, wie in unserer Vorstellung ein Engel schauen kann. „Na gut, ich komme mit", sagte ich und sein Lächeln wurde breiter. Seite an Seite stiegen wir

---

[1] Quelle: htpps://www.joergo.de/religion_rausch_hindus/ vom 11.08.2018

die Treppe herunter in den Keller. Den Rest können Sie sich vorstellen: Ab jetzt war alles sehr, sehr langsam und sehr, sehr witzig. Sogar über die Gurken, die auf den Boden fielen, lachten wir. Wirklich witzig waren aber die Bewegung von Bentos Schnurrbart während er versuchte, Carla, die sexy, feminine Carla anzubaggern. Wir schauten einander an und lachten so, als ob jemand einen der größten Witze der Welt erzählt hätte. Ehrlich gesagt, ein Witz war es auch.

Der Sog in den Strudel

„Nenne dich nicht arm, weil deine Träume nicht in Erfüllung gegangen sind, wirklich arm ist nur, der nie geträumt hat·" *(Marie von Ebner-Eschenbach)*

Damals, noch bei Mama im Dorf, wurde ich gewarnt. Dort lernte ich einige Jugendliche aus der großen Stadt kennen, denn damals gab es dort eine Organisation, die sich um Menschen unter Drogen- und Alkoholeinfluss kümmerten. Sie nannte sich: "Der Patriarch". Diese Organisation, die heute nicht mehr existiert, hatte die Aufgabe, verlorene Seelen zu resozialisieren und sie aus der Welt der Suchtstoffe zu befreien. Es wurde nach einem geeigneten Platz, besser gesagt, nach einem geeigneten Haus, für diese jungen Leute gesucht. Dieses wurde in der Welt der Süchtigen bekannt gemacht und Interessenten bewarben sich um Aufnahme in eines der Häuser. In meiner damaligen Umgebung war ein typisch portugiesisches Haus aus dem 18. Jahrhundert, das ersehnte Domizil der Süchtigen. Das Haus stand auf einem der größten Hügel der Region mitten in der Prärie. Es war groß und hatte nicht nur circa zehn Schlafzimmer, sondern auch eine wunderschöne Veranda aus Holz, die das Haus komplett umrundete. Die Veranda endete vorn an einer Treppe aus Stein, von wo ein idyllischer Teich zu sehen war. Auf der Veranda selbst standen überall Blumen in allen Farben und Formen. Das Licht kam von allen Seiten durch die großen Fenster und Türen und tauchte das Innere in bunte Farben. Was ich damals bewunderte war, dass dieses Haus für die Suchterkrankten, durch sie, komplett renoviert wurde. Denn so war die Vereinbarung. Man unterstützte sich gegenseitig. Die Bewohner renovierten das Haus und dafür durften sie dort wohnen, natürlich mit Unterstützung durch andere medizinische und Institutionen wie beispielsweise von freiwilligen Ärzten, Apothekern, Vereinen und von ehemaligen Suchterkrankten.

In dieser Organisation lernte ich Fernando kennen. Fernandos Arme waren übersät mit Narben, weil er in seiner Vergangenheit Heroin gespritzt hatte. Ich natürlich mit großem Durst, soviel vom Leben zu erfahren wie möglich, musste nicht nur Fernando kennenlernen, sondern sie alle. Männlich, weiblich, alt, jung, schüchtern, ängstlich, durchgeknallt, klug, talentiert und viel mehr. Sie hatten alle eine schmerzvolle und eindrucksvolle Geschichte. Die Ambivalenz war sehr ausgeprägt und viele befanden sich immer noch in einer sensiblen und labilen Phase. Drogensüchtige halt. Richtige Drogensüchtige in unserer Gegend. Ich fand es phantastisch. Dabei hatte ich keine Angst und keine Hemmungen und ich musste, um meine Neugierde zu befriedigen, dazwischen kommen.

Sie können es sich bildlich vorstellen: Die süße und hübsche junge Dame mit Stirnband und Schleifen, einem breiten Lächeln, einem sonnigen Gemüt und sprühend vor Lebenskraft. Ist doch klar, dass alle in dieser Entzugsvilla diesen Gegensatz liebten. Ich war stolz und genoss meinen besonderen Status. Bewundernswert waren die eingerichteten Werkstätten und Kunsthallen, die sich in Nebengebäuden auf dem großen Gelände verteilten. Sie konnten ihre Talente dort entfalten, sie reparierten nicht nur Kunstwerke sondern kreierten sie auch neu. Diese wurden von anderen Gruppen des Hauses auf dem freien Markt verkauft. Eine finanzielle Einnahme, die für sie alle unerlässlich war.

Außerdem besaß das Haus eine große und helle Küche. Hier wurden traditionelle und exotische Rezepte ausprobiert und an dem großen Holztisch im Esszimmer wurde das Ergebnis verkostet. Fantasie und Lust auf Kochkunst ließ die Anwesenden kreativ sein. Neue Rezepte wurden erfunden, verglichen, bei Erfolg wiederholt und anschließend notiert. Das Esszimmer wurde mit selbstgemalten Bildern und Bildhauereien geschmückt. Gruppentherapie fand meistens nach dem Essen hier statt, manchmal schon während dessen. Beliebt war auch die Kaminecke mit dem alten Sofa und den vielen Kissen auf dem Boden. Hier wurde abends oft musiziert sowie selbsterfundene Kurzgeschichten, Prosa und Gedichte sich gegenseitig vorgelesen.

Ausdrücke wie Entzugserscheinungen und Suchtdruck waren mir zu dieser Zeit relativ unbekannt...

Ab und zu kam ich zu Besuch und brachte den Bewohnern Essen, Süßes und manchmal auch Zigaretten vorbei. Ich fühlte, wie dankbar sie für dieses Geschenk waren. Das Glück konnte ich in ihren Augen sehen, vor allem für die Zigaretten. Nach langen Gesprächen konnten Fernando und ich uns gut verstehen. Aber nicht nur verstehen. Ich konnte ihn fühlen. Er war, bis auf seine Drogen in der frischen Vergangenheit, ein perfekter junger Mann. Sehr hübsch, attraktiv und vor allem intelligent. Seine tiefen dunkeln Augen verliehen ihm eine rare Schönheit. Ich wusste, was er dachte und was er tun würde. Ich wusste ohne Worte, wann er mich sehen wollte und wann er am Busbahnhof auf mich wartete. Warum diese Verbindung da war, werde ich bis heute nicht begreifen. Wir waren Freunde. Vielleicht hatte sich das, was man als bedingungslose Liebe bezeichnet, entwickelt. Ich war zu jung und mir war nicht bewusst, was es war. Das Wort Freundschaft erklärt vielleicht den Umstand.

Sein letzter Satz zu mir war: „Geh nicht Sofia! Es ist keine Welt für Dich. Du wohnst hier in so einer wunderschönen Gegend, sehr behütet. In der großen Stadt erlebst Du zu viel... bleib lieber hier!" Er konnte nicht verstehen, wie groß der Drang in mir war, wegzugehen und Neues kennenzulernen. „Fernando, ich muss aber gehen. Mach dir keine Sorgen. Ich werde auf mich aufpassen."

Fernando habe ich nie wieder gesehen. In unserem Herzen wohnen bestimmte Leute für immer. Ich vergleiche es mit einem Schatz, einer Kette aus Gold, ein bisschen Licht in einer Kiste aus Silber. „Ich habe Dich Jahre später verstanden, Fernando, aber ich konnte nicht anders. Ich musste gehen."

Zurück zur Großstadt, in der ich die Botschaft von Fernando noch nicht wahrgenommen hatte. Hier lernte ich weitere Flöhe und Zecken kennen. Saugen konnten sie alle. Vor allem, wenn es nach Geld roch. Ich, jung und naiv, verteilte mein schwer verdientes Geld. Der eine hatte einen kranken Hund und konnte nicht mit ihm zum Tierarzt, der andere wollte Kinder und konnte die Behandlung nicht weiter bezahlen, meine Freundin wollte neue Stiefel, hatte aber nicht genug Geld und so weiter. Mit meinem großen und offenen Herzen und dazu noch einem schlechten Gewissen gegenüber denen, die kein Geld hatten, verteilte ich meines in der Hoffnung, ich würde vielleicht etwas zurückbekommen. Irgendwie, irgendwann erwartete ich, vielleicht Respekt, Dankbarkeit oder mein Geld wieder zurück. Falsch gedacht.

In dem ganzen Zoo gab es unter anderem Babete, die wilde Hyäne. Ich mochte Babete. Als Arbeitskollegin war sie mir gegenüber sehr korrekt und als Freundin ziemlich ehrlich. Sie war dünn, hübsch, frech, mutig und voller Lebenserfahrung. Mit diesen Charaktereigenschaften war klar: Sie war alleinerziehende Mutter. Sie hatte einen vierjährigen Sohn, Vater nicht in Sicht. Wenn ich auf diesem Ausflug etwas Prägendes gelernt habe, war es Babetes Einstellung gegenüber Unbekanntem. „Hey Babete, warum lässt Du deinen Sohn nicht seinen Vater kennen lernen?" Sie schaute mich mit großen Augen an und fuhr mich an: „warum?" In mir stieg Panik auf. Mit dieser aggressiven Reaktion hatte ich nicht gerechnet. Vorsichtig antwortete ich: „Weil dein Sohn irgendwann seinen Vater vermissen wird." „Vermissen? Wieso zum Teufel soll mein Sohn seinen Vater vermissen? Er kennt ihn doch gar nicht. Wie können wir etwas vermissen, dass wir nicht kennen? Schon mal darüber nachgedacht?"

Ich musste trocken schlucken, hatte keine Argumente und auch keinen Mut, ihr etwas entgegenzusetzen. Meine Absichten waren nur die besten, dachte ich, um eine etwas perfektere Welt für die kleine, niedliche Figur zu kreieren. Ein Vater gehörte im meiner Vorstellung dazu. Babete war eine zierliche Person, aber für mich war sie eine der stärksten Frauen, die ich bis dahin kennenlernen durfte.

Babete hatte einen Bruder. Pedro war sein Name. Er war wirklich nett und sah gut aus. Er war klug, charmant und hatte im Gegensatz zu seiner Schwester gute Umgangsformen. Ich verstand mich sehr gut mit ihm. Bei

Babete und ihrem Bruder war ich oft zuhause. Sie lebten in armen Verhältnissen auf dem Dachboden eines Hauses, aber sie schienen alle glücklich zu sein. Der malerische Blick durch das Wohnzimmerfenster zeigte den Tejo, der nicht weit entfernt ins Meer mündet. Er zeigte oft einen feurigen Sonnenuntergang.

Während der langen Nächte, die ich dort verbrachte, merkte sie, wie nah ich ihrem Bruder kam. „Ana Sofia!", so nannte sie mich immer, „lass meinen Bruder in Ruhe. Er hat bereits eine Freundin und ich mag sie sehr. Die beiden lieben sich. Ich möchte nicht, dass mein Bruder sie wegen dir verlässt."

Du blöde Kuh, dachte ich. *Du blöde, blöde Kuh! Du gemeine Kuh,* schrie ich innerlich. Ich war richtig sauer auf sie. Warum, konnte ich nicht richtig begreifen. Heute weiß ich, dieser Wutausbruch war absolut unnötig. Aber damals war der Gedanke, von Pedro abzulassen, ein Horror für mich. Ich konnte ihr daraufhin nichts entgegnen und behielt diese Wut für mich. Ich wusste, dass ihr Bruder eine Freundin hatte. Die Idee, mit ihm etwas anzufangen, hatte ich nie bewusst gehabt. Erst jetzt hat sie diese Gefühle in mir erweckt. Ich fand ihn schon attraktiv, aber es war nie meine Absicht, mich in seine Beziehung einzumischen. Es widersprach einfach meinem Wesen. Dennoch fand ich es böse von Babete, mich derart zurechtzuweisen. In diesem Moment enttäuschte sie mich sehr, die Frau, die ich sonst so sehr bewunderte. Und wer glaubte sie eigentlich, wer sie war? Die Traurigkeit, die sie damit in mir hervorrief, begann mich innerlich aufzufressen und zu zerstören.

Ihr verzeihen? Warum sollte ich? Sie verstehen? Wer versteht mich? Wie immer sagte ich nichts, nickte und antwortete nur: „Mach dir keine Sorgen." Danach war ich weg. Raus. Es war mitten in der Nacht und nachdem ich mich verabschiedet hatte, ging ich Richtung Strand. Ich war in meine Gedanken versunken, hörte nur das Rauschen des Meeres im Hintergrund und vertiefte mich weiter in meinen Zorn. Ihre Worte waren so festgenagelt im meinem Gehirn, wie Jesus und Petrus am Kreuz. Lieber Jesus, deine Arbeit war damals umsonst. Lieber Petrus, deine Umkehrtod ebenfalls. Jahrtausende sind vergangen und nichts ist geschehen. Nichts mehr zu retten? Bin ich hier verbittert? Ja. Unterschiedliche Gefühle überkamen mich. Ab jetzt war Rache angesagt. Was ich nicht wusste, verletzen würde ich mich nur selber. Tief in meinem Herzen lag aber nur eine versteckte Wahrheit. Der Wunsch, von diesen beiden Menschen geliebt zu werden. Seine Liebe als Mann, ihre Liebe als Schwester. In dem Moment sah ich mich aber nur wie eine kleine graue Maus mit einem Herzen, erfüllt mit Liebe, die angeblich niemand haben wollte. Nicht einmal geschenkt. Oh Trauer, oh geliebte Trauer, ich bete Dich an, oh meine geliebte Trauer. Ich öffne Dir meine Arme. Wenigstens Du bist für mich da. Ich fühlte mich, wie kann ich sagen, ein bisschen verloren.

Kurz darauf trafen wir uns alle in der Disco wieder. Pedro war auch dabei, ohne seine Freundin. Und, lieber Leser, Sie können sich jetzt vorstellen, was passiert ist. Mal sehen, wie treu er ist. Nachdem wir ein paar "Gin Tonics", unser gemeinsames Lieblingsgetränk, getrunken hatten und mit Freude getanzt haben, entschieden wir, die Disco zu verlassen. Wir machten einen Spaziergang am Strand. Es war eine wundervolle Nacht. Worüber wir gesprochen haben? Ich weiß es nicht mehr. An diesem Abend nahmen wir unsere Umgebung nicht mehr wahr. Zorn und Wut beherrschten unbewusst noch meine Gedanken. Was ich fühlte? Oh, das weiß ich ganz genau: Eine bittere Leidenschaft, aber keine Zärtlichkeit, kein Verständnis. Warum, konnte ich nicht erklären. Denn gemocht habe ich ihn schon vor dem ganzen Drama. Gemocht? Vielleicht habe ich ihn sogar geliebt.

Ich frage mich heute, wie kann soviel Schlechtes und Böses uns so ergreifen und das Gute in uns sofort neutralisieren. Was haben wir dann gemacht? Wie könnte ich das jemals vergessen? Ich küsste ihn, nicht zärtlich, sogar etwas aggressiv. Ich presste meine Lippen auf seine, steckte meine Zunge in seinen Mund, dann ließ ich ihn abrupt los und schrie: „Geh! Geh zu deiner Freundin!" Er schaute mich mit großen Augen an, wollte etwas sagen, aber nichts kam heraus. Mit einem großen Schritt kam er auf mich zu, küsste mich, als ob er seinen Durst nach Liebe jetzt unbedingt löschen müsste. Seine sanften Hände begannen, meinen Körper zu erforschen und ich spürte seine warmen Finger auf meiner Haut. Ich war wie elektrisiert. In diesem Moment gab es nur uns zwei auf der Welt und ich hatte das Gefühl, dass seine Seele mit meiner verschmolz. Er umfasste meine Taille mit seinen starken Armen und behutsam legte er mich auf den weichen, warmen Sand. Er legte sich neben mich, stützte sich auf seinem Ellbogen und beobachtete mich. Ich konnte hören, wie er schnell und tief atmete. Mit Leichtigkeit zog er meine Bluse aus und ich spürte jede einzelne Bewegung von seinen Fingern auf meinem gesamten Oberkörper. Ich schloss die Augen und wünschte mir insgeheim, dass dieses Erlebnis, diese Verbindung, die gerade zwischen uns stattfand, niemals vorübergehen würde. Die Berührungen, die meinen Körper komplett in Ekstase versetzten, zeigten mir eine neue Ära der Zärtlichkeit. Er küsste meine Brust und die Brustwarzen, vorsichtig und doch mit Nachdruck. Den Nachdruck von jemandem der weiß was er will. Die Wärme stieg mir ins Gesicht. Umsichtig küsste er mich weiter, bis ich plötzlich seine warme und feuchte Zunge in meinem Bauchnabel spürte.

Ich schlang meine Arme um seinen Hals, umarmte ihn und merkte seine Gänsehaut unter seinem Hemd. Er hob seinen Blick zur mir und seine Augen vertieften sich in meine. Sekunden lang tauchte ich in diesen Blick hinein. Er war sanft, verständnisvoll, tiefgreifend und er fesselte mich. Pedro war mir ein attraktiver Mann. Sein Körper war ein Geschenk, den der liebe Gott oder die Mutter Natur ihm verliehen hatten. Er war groß, aber nicht viel größer als ich. Einige cm allenfalls. Er war schlank, aber gut proportioniert, seine langen Beine gaben ihm Eleganz und einen sicheren Gang. Pedro trug die braunen Haare schulterlang und dazu meistens einen DreitageBart. Seine Lippen waren sinnlich und voll. Seine Augen waren groß und zeigten viel Wärme. Sie waren wie die Farben des Regenbogens, die in einander übergehen. Eine Mischung aus Mandelfarbe, grün und braun verliehen ihm Charisma.

Wir saßen fest in diesem mystischen Austausch von Energie. Ich spürte seinen Intimbereich, der sich erregt anfühlte. Die Sonne ging schon langsam auf und ich konnte ihn jetzt besser sehen. In seinen Augen war die Exzitation zu sehen und für Sekunden ließ er ein unendliches Meer an Zärtlichkeit erahnen. Ich war machtlos. Ob ich erregt war? Ja. Ob ich den Moment genoss? Ich inhalierte ihn wie den Duft von Rosen, Lavendel oder Rosmarin… wie der Sauerstoff, der mich am Leben hält.

Seine wundervollen Augen, die ich so sehr bewunderte, sprachen mich an. Ich weiß nicht, ob es nur eine Illusion von mir war, aber für einen Moment sah ich sie dort, erfüllt mit Zärtlichkeit und Zuwendung. In seinen Augen: die Liebe.

Schweißtropfen liefen über meinen Körper. Ich wollte mehr von Pedro. Ich wollte alles und gleichzeitig nichts. Ich wollte ihn, mit allen meinen Sinnen. „Hey", rief eine Stimme von der Promenade. „Was macht ihr denn da?" Ein kalter Schauer überkam mich. Die Magie des Momentes war vorüber und die fremde Stimme ließ uns wieder allein.

Wir lagen einfach da. Ich nackt, er halb nackt. Keiner von uns sprach ein Wort. So, ob wir uns gar nicht kannten. Nach dieser rüden Unterbrechung, begannen wir, uns langsam anzuziehen. Als ich bereit war zu gehen, rief er: „Linda... ich..." Ich drehte mich um, aber er stand da und sagte nichts. Er war der einzige, der mich so nannte. Ich drehte ihm den Rücken und entfernte mich langsam von ihm. Enttäuscht, verletzt, beraubt, verloren, leer. Ja. Ein gefährliches Spiel, das ich verloren hatte. Gefühle und Gefühle. Mein Meister, eine Fantasierolle in meinen Gedanken, würde mich fragen: „Verloren? Nein, nichts ist verloren. Du hast gewonnen. Du hast erfahren. Du hast gelebt! Du hast geliebt! Nimm das Geschenk, bewahre es auf. Nutze das Geschenk jedes Mal, wenn Du es brauchst. Denn Du bist der Gewinner. Immer Nur Du, Du weißt es jetzt noch nicht." Die Erinnerungen an unsere vergangenen Treffen, die unsere Seelen zusammenbrachten, ließen mich aber nicht los. Die Bilder tauchten systematisch in meinem Gedächtnis auf. Ich liebte ihn, vom ersten Moment unserer Begegnung, und das wusste ich jetzt. Er hatte die Macht die Tiefe meines Seins zu erreichen. Eine Freundschaft, die in Liebe umgewandelt wurde. Seine Bewunderung, Achtung, seinen Respekt und seine Aufmerksamkeit verglich ich mit einem Garten, erfüllt mit allen Arten von Vögeln und Schmetterlingen. Seine Worte kostete ich wie süßen Honig und das Lächeln mit seinen weißen, geraden und charmanten Zähnen berührten jede Zelle meines Körpers und ich konnte jeden Gedanken in diesem Lächeln erkennen. Er war ein Teil von mir, aber das wusste er nicht. Oder doch? Ich hielt meine Gedanken und damit meine Gefühle in der Vergangenheit... *„Linda, sollen wir heute ein Picknick machen?", fragte mich Pedro, während eine Haarsträhne über seine tiefe und betonte Stirn fiel. Einige Stunden später saßen wir auf einer Wiese auf dem kleinen Hügel im Ort, aßen Weintrauben und genossen von diesem grünen Berg den Blick ins Meer. Es war Mitte Frühling, das Zwitschern der Vögel begleitete uns, der Geruch der Wiesenblumen erreichte unsere Nasen und die wundervollen Schmetterlinge und Libellen tanzten nach der Musik des Lebens vor unseren Augen. Am meisten begeisterte uns der Fleiß der Bienen und die penetrante Gegenwart der Zikaden mit ihren Liedern.*

Wir redeten viel, aber manchmal reichte nur die Anwesenheit des anderen, um sich gut zu fühlen.

„Linda! Da bist Du. Ich habe Dich gesucht. Heute läuft ein superlustiger Film im Kino. Die Götter müssen verrückt sein, heißt der Film. Kommst Du mit? Ich habe den ganzen Nachmittag nichts zu tun." Ich reagierte auf die Frage mit Begeisterung: „Mal überlegen. Werde ich mit ja, ja oder ja antworten? Ich denke ich sage Ja." In diesem Moment genoss ich den Rausch der Vorfreude und er schenkte mir ein großes Lächeln.

Im Kino lachten wir fast ununterbrochen und genauso ununterbrochen aßen wir Popcorn. Weder der muffige Geruch nach getragenen Turnschuhen, noch die ungeduldigen Blicke der anderen störten uns. Unser Focus war versetzt in diese unbeschreibliche Energie, die um uns herum floss. Wir fühlten uns glücklich, und das war nicht zu übersehen.

„Linda! Das Pferd mag Dich. Komm, Du sollst es anfassen. Fühlst Du es? Seine Wärme? Er fühlt Dich auch. Verbinde

Dich mit ihm, Du wirst es hören. Rieche seinen Duft, er wird auch Deinen aufnehmen, er wird mit seiner Körpersprache auf Dich reagieren."

Es war sein Pferd dem er mich vorstellte. Ein Geschenk von seinem Opa. Es war schwarz, schlank, und hatte zwei wundervolle Augen, aus denen ich Wärme herauslesen konnte. Genau wie aus den Augen von Pedro. Nicht nur die unbeschreibliche Wärme, sondern auch diese Tiefe die mir erlaubte, in seine Seele einzutauchen und die Welt zu vergessen.

„Wenn Du jetzt nicht aufhörst, Linda, dann kitzle ich Dich, bis Du umfällst. Hör auf albern zu sein." Ich liebte es ihn zu ärgern. Am Ende lachten wir darüber und die Zeit schien stillzustehen. Oft holten wir Videos bei der Videothek um die Ecke und verbrachten, vor allem, wenn es regnete, Stunden auf der Couch. Er wohnte vorübergehend noch bei seinen Eltern und das gefiel ihm gar nicht.

Wir hatten bereits einen Lieblingsfilm: "Top Gun" mit Tom Cruise. "Top Gun" hatten wir bereits so oft gesehen, dass wir viele Dialoge auswendig kannten. Oft schauten wir die Filme unbewusst und schläfrig, bis es klingelte oder man hörte, wie ein Schlüssel in das Türschloss gesteckt wurde. Manchmal war es seine Schwester und manchmal seine Freundin. In diesen Momenten begann ich eine Rolle zu spielen und auch Pedros Mimik veränderte sich sofort. Ich hatte das Gefühl, ein dunkler Schleier würde sich in diesem Moment über uns legen. Über fast zwei Jahre lief es so, ohne dass wir den Mut hatten, etwas zu verändern. Wir hatten noch nicht erkannt, wie wichtig wir füreinander waren. Oder wir waren einfach noch nicht bereit. Eines war sicher: Wir kannten uns gut, sogar sehr gut.

Pedro holte mich oft mit seinem alten Jeep von der Arbeit und wir fuhren stundenlang durch die Stadt, dann durch die Berge, ab und zu am Strand entlang. Manchmal überquerten wir die Berge und sahen dabei das Meer am Horizont. An manchen Tage erzählten wir viel. An andere Tage genossen wir nur die Stille.

„Ich habe etwas für Dich, Linda. Schließe deine Augen!" Ich versuchte es, hatte aber Schwierigkeiten und ließ ein Auge leicht geöffnet. Ich dachte, er merkte es nicht. „Du sollst alle beide Augen zu lassen", befahl er, ohne ein Lächeln verstecken zu können. In seinen Händen lagen zwei Bücher und eine Karte, die aussah wie ein Ticket. Damals wussten wir beide noch nicht, dass diese Literatur und diese Karte dafür sorgte, dass ein großes Tor in meinem Leben geöffnet wurde. Literatur, die große Auswirkungen auf mein Leben hatte. Kaskaden von Erfahrungen und Erkenntnissen wurden in Bewegung gebracht. Ein Buch, das, wie ich erkennen konnte, die Gesetze des Geistes beschrieb. Dazu ein Buch über Yoga und eine Einladung zu einer Yoga-Einheit.

Es berührte mich sehr, weil er mit diesem Akt zeigte, dass er zuhören konnte. Er hatte mir zugehört, Die ganze Zeit. Vor allem, als ihm über meinen Wunsch erzählte, in die komplexe Welt des Yogas einzutreten.

Ich kann nicht weiter darüber berichten. Diese sanfte, selbstbewusste Seele, diese Wärme, die dieser Mensch so intensiv ausstrahlte, brachten mich zum Weinen. Nicht, weil ich darüber traurig war, sondern glücklich. Das Glück, dass ich so einen Menschen kennen durfte. Dieser Mensch hieß Pedro.

So! Kann ich jetzt Reset drücken? Oder die Erinnerungen in eine Schublade stecken, verschließen und den Schlüssel in den Fluss werfen? Ich befürchte, dies ist unmöglich. Ich musste lernen zu akzeptieren, dankbar zu sein und los zu lassen.

Wer bin ich?

„Das gesamte Leben der menschlichen Seele ist eine Bewegung im Schatten· Wir leben in einem Zwielicht des Bewusstseins, uns nie dessen sicher, was wir sind, oder dessen, was wir zu sein glauben·" (Fernando Pessoa)

Zu Fuß ging ich den Strand entlang und ich vertiefte mich wieder in meine Fantasiewelt. Diesmal lag mein Königreich im Meer. Über das Meer, in das tiefe Meer... Ich hatte das Gefühl, ich verlöre das Bewusstsein. Ich hatte nicht nur das Gefühl, sondern ich verlor es für sehr lange Zeit.

Das wunderschöne Meer, mein geliebtes Meer. Es ist mein Vater, meine Mutter, meine Geschwister, mein Freund, mein Geliebter und meine Liebe. Es streichelt mich.

Als die Wellen kommen und gehen hocke ich mit geöffneten Beinen im Sand und lasse mich vom Wasser sanft berühren. Berührungen, die meine Seele liebkosen. Es spielt mit mir und jedes Mal wenn ich das Wasser spüre genieße ich sein Dasein.

Ich schließe die Augen. In meiner Fantasie verwandle ich mich in eine Möwe. Groß und elegant. Ich schmecke das Salz in der Luft, fühle den Wind in meinen Federn, schaue hinauf. Mit einem großen Sprung fliege ich gen Himmel. Der blaue Himmel, der mich aus der Distanz betrachtet. Ein Königreich, mit nur einem Gesetz: Das Gesetz der Existenz, das Gesetz des Lebens.

Ich fliege über die Wasseroberfläche, drehe mich leicht nach rechts, dann nach links, dann wieder Richtung Horizont. Das Ziel: Das Meer wahrnehmen. Die Liebe zu ihm spüren, die Freiheit des Lebens genießen und alles mit allen Sinnen erfassen. Salzige Tröpfchen streicheln mein Gesicht. Das Meer spielt mit mir. Es nimmt mich wahr. Es lädt mich ein und ich spüre die Sehnsucht in mir. Der Himmel über mir verrät mir große, offenbare Geheimnisse.

Mit weit geöffneten Flügeln fliege ich tiefer. So tief, dass ich nur ein paar Zentimeter von der Oberfläche des Meeres entfernt bin. Der Geschmack des Salzes und die Wärme der Sonne umhüllen meinen Körper. Ich schwebe, drehe mich mehrmals um die eigene Achse, mache Pirouetten. Plötzlich beginnt mein Körper sich zu verwandeln. Er wird größer, länger. Eine seidige Haut umhüllt mich jetzt. Und dann tauche in die Eleganz eines neuen Bewusstseins ein.

Eine Augenblick später bin ich ein Delphin, der immer noch fliegt. Spontan richte ich meinen Blick zum Meer und begebe mich unmittelbar in eine neue Lebenserfahrung: Sie lädt mich ein, erwartet mich. Die Entscheidung ist getroffen und ich lasse mich mit Genuss und voller Euphorie in das salzige Wasser fallen. Ich bin zuhause.

Allmählich sinke ich tiefer. Das Wasser spielt mit den Lichtstrahlen. Diese Tiefe lässt mich eine neue Erfahrung machen. Ich schwimme geradeaus, danach wende ich meinen Blick langsam in Richtung Oberfläche. Die Sonne kommt näher und näher und ich bereite mich auf den Sprung in die Höhe vor. Ich fühle mich als Delphin absolut frei, schwimme höher und höher und plötzlich finde ich mich in der Luft wieder. Außerhalb des Wassers und ja... ich fliege. Eine wunderschöne Ewigkeit lang, die aber nur Sekunden dauert. Vor mir sehe ich die großen Wellen. Das Meer tanzt mit mir den Tanz des Lebens. Ich strecke meinen Körper mit Genuss und bereite mich wieder auf das Eintauchen vor. Mit geöffneten Armen, jetzt in menschlicher Gestalt, erwartet mich das Meer. Erneut lasse ich mich fallen. Erst die Arme, das Gesicht und dann, nach und nach, Zentimeter für Zentimeter die gesamte Länge meines Körpers. Ich existiere und lasse mich fallen in vollem Vertrauen, dass alles gut wird. Warum kann ich nicht in diesem Zustand bleiben? Dem Zustand des vollen Vertrauens in das Leben. Warum ist das so schwer?

Spiel auf dünnem Eis

„Wenn du über dünnes Eis läufst, liegt die Sicherheit in deiner Geschwindigkeit" (Ralph Waldo Emerson)

Lass uns über Schmerzen nachdenken. Lass uns über Liebeskummer und meine unerfüllte Liebe meditieren oder einfach zusammen schweigen. Ob ich nach dieser Odyssee mit Pedro geweint habe? Ich weiß es nicht mehr. Pedro war nun ein Teil meiner Geschichte. Nein, mittlerweile ist er zu einem Teil meinem Geschichte geworden.

Als ich am nächsten Tag zur Arbeit kam, sprach mich John mit seiner süßen Zahnlücke an: „Hi, hasst Du gut geschsssslafen? Isssch werde jetzss in'n Keller gehen. Möchtesst Du mitkommen?" Als ich diesen Menschen sah, freute ich mich über sein Lächeln mit der Zahnlücke und fragte etwas deprimiert: „Wer bist Du eigentlich, John?" Seine Antwort: „Jeder und niemand... Das weißsst Du. Komm mit." Ich fand die Antwort richtig weise. Er spürte, wie es mir erging, und dass Worte im Moment nicht notwendig waren. Er war für mich da, und er wollte, dass ich das weiß. Ja, ich wusste es. Ich ging mit und versetzte mich in eine Traumwelt, vielleicht in eine nahe Realität. Die Realität, die wir gar nicht wahrnehmen wollen. Konnten wir diese unbekannte Wirklichkeit nur durch Rauschgift wahrnehmen? Nein, ich konnte John nicht überall in meiner Tasche mitnehmen. Ich wusste es! Für eine Weile, eine sehr lange Weile, hatte man mir meine Zuversicht geraubt. Oder war ich selber der Dieb? Und wenn ja, warum eigentlich?

Seit Tagen grüble ich über meine Liebeserfahrungen. Stumm und still versuche ich, selber das Geschehene zu realisieren, reflektieren und zu verdauen. Sicherlich werden Sie sich jetzt vorstellen können, wie ich langsam selbstzerstörerisch und rachsüchtig wurde. Im weiteren Verlauf führte diese Erkenntnis nur dazu, dass ich noch wilder wurde und die Experimente für mich weiter gingen.

Tagsüber schlafen, abends arbeiten, nachts feiern. Und ja, das Leben hatte gerade erst begonnen. Langsam versetzte ich mich in eine Welt, in die ich vermutlich gar nicht gehörte. Viele Männer und Frauen habe ich kennengelernt und natürlich viele von ihnen auf die Probe gestellt. Meine derzeitige, nicht gerade ausgereifte Persönlichkeit, drängte mich dazu. Sie fragen sich bestimmt: Welche Probe? Ich erkläre es Ihnen: Leben, Lachen, Lügen, Wahrheit, Affäre, *one night stands*, viel trinken, essen und tanzen. Experimente halt. Alles, was ein gebrochenes Herz brauchte.

Wie weit sind Menschen in der Lage, ein konservatives Leben zu leben? Fremdgehen gab es immer, gibt es noch und wird es immer geben. Auch das sind nur Prüfungen. Für den Betrogenen, für den Fremdgehenden und für die Geliebte oder den Geliebten. Am Ende sind sie alle Opfer. Oder vielleicht nicht. Sind wir nicht alle Geschöpfe des freien Willens? Oder dürfen wir nur einer Person gehören? Sind wir vielleicht Auserwählte, die nur existieren, um mehr Gefühlserfahrung zu sammeln?

In meiner damaligen Vorstellung, die ziemlich arrogant und bedeutungslos war, haben sie alle versagt. Wirklich alle? Nun gut, fast alle. Verurteilen ist untersagt, sonst würde mein Meister mich wieder auslachen. Aber lieber Leser, wenn das alles Liebe sein soll, dann bin ich schwer enttäuscht. Aber meine Hoffnung habe ich trotz alledem noch nicht aufgegeben. Ich glaube immer noch an die bedingungslose Hingabe.

Eines nachts nach der Arbeit traf ich zufällig Bento, den Chef, in einer der Discos. Der herzzerbrechende, hinreißende Bento, der Draufgänger. Er war verheiratet, getrennt, geschieden, hatte eine Geliebte, eine Freundin und dann auch wieder nicht. Also das Chaos im menschlicher Gestalt. Aber er war ein Mann. Ein richtiger Mann, dachte er natürlich. Seine Stimme war tief, sachlich und bestimmt. Wie ein Mann halt. Ging auch wie ein Mann: Brust raus, Beine auseinander und vor allem spuckte er wie ein Mann. Ich verglich ihn immer mit John Wayne. Es fehlten nur die Halfter und die Pistolen. Aber etwas Feminines konnte er trotzdem nicht verstecken. Es erschien immer an seinem Hintern, wenn er ging. Er war ein Widerspruch auf zwei O-Beinen. Diese Männlichkeit in Natur war der Geschäftsführer der Firma, in der ich gearbeitet habe. Aber die Firma gehörte seinem Onkel und das kränkte oft seinen Stolz.

Bento hörte gerne "Chris Rea", eine Stimme, die ich nicht ausstehen konnte, und behandelte Carla, eine seiner Freundinnen und Mitarbeiterinen, wie seine Ehefrau. Carla war eine sehr nette Kollegin, aber ihre Unterwürfigkeit gegenüber Bento war für mich unbegreiflich. Sie sprang bei jedem Befehl auf und wenn sie sich von Bento angegriffen fühlte, sagte sie mit kindlicher Stimme: „Oh Bentoooo biitteee." Ihre Unterlippe bebte dabei.

Und nun stand Bento da, vor mir. Er grinste so, als ob er Johns Zeug geraucht hätte. „Sofia, fahr wieder nach Hause. Das hier ist keine Welt für Dich. Du bist hierfür zu schade." Oh. Der Bento macht jetzt einen auf vernünftig und väterlich. Die Aussage kam mir bekannt vor. Ist er jetzt völlig durchgeknallt? John... dachte ich, ...hast Du neuen Stoff bekommen? Und seit wann ist Bento einer von Dir? Seit wann teilst Du deine Geheimnisse ausgerechnet mit Bento? Ich dachte, ich wäre die Einzige in Deiner Welt... Na ja.

Ich lächelte ihn an, setzte alle meine weiblichen Waffen ein und packte ihn an seiner Hüfte, um ihn zu küssen. „Das ist es, was Du willst, oder, Bento?" „Ja, ich will Dich" antwortete er mit einem Lächeln, das ich nicht interpretieren konnte, und ich spürte, wie sehr er die Situation genoss. Der starke Bento ergab sich. Was heißt ergab sich? Eigentlich baggerte er mich seit langem an. Mit erfolglosem Ergebnis. Aber heute schien Bento Glück mit mir zu haben.

Wir begannen zu tanzen und wir tanzten und tranken und lachten und tranken weiter. Als wir reichlich mit Alkohol abgefüllt waren, fuhren wir, auf seinen Vorschlag hin, zu ihm nach Hause. Wohin denn sonst? Nachdem wir seine Wohnung betreten haben, warf Bento hinter uns schlagartig die Tür zu. Dann nahm er mich zu meiner Überraschung, kräftig in die Arme und küsste mich so, als ob er seine Zunge direkt in meinem Magen schieben wollte. Anschließend warf er mich auf den Boden, schmiss sich auf mich und erforschte meinen Hals mit seinem

Mund. Am Anfang dachte ich, das Spiel sei interessant und richtig aufregend. Nach kurzer Zeit wurde es einseitig, grob und langweilig. Nun spielte ich die Rolle eines Films, der damals sehr bekannt war, *"Marias Lovers"*. Ja, ich war mitten drin. *Ich Maria, Du Lover,* dachte ich und lachte innerlich darüber. Ich lachte sehr laut und sah nicht, was dabei passierte. Ich nahm nur kurz wahr, dass mein Verstand dabei war, mich zu verlassen. *Oh! Wie wundervoll und eigenartig war es, eine Schauspielerin zu sein!* Die Vorstellung gefiel mir und ich vermutete, nun war er komplett weg, der Verstand.

Also weiter mit der Verführung: Bento war ziemlich, wie kann ich es sagen, durstig nach Liebe, aber auf seiner Stirn stand nur: *Wir wollen harten Sex haben!* Nur das konnte ich ablesen. Mein Interesse lag indessen ganz wo anders. Ich warf einen Blick in seine Wohnung. Die Innenausstattung bestätigte meinen bisherigen Eindruck: Ein oberflächlicher Idiot. Er lebte gut, sehr gut sogar. Sein Leben schien, was die materielle Ausstattung betraf, ziemlich erfüllt zu sein. Mit anderen Worten, er besaß alles, was man brauchte und nicht brauchte. Nach meinem Urteilsvermögen waren diese Sachen mit Sicherheit nicht billig. *Du mittlere Körperregion im rückwärtigen Bereich,* dachte ich. *Nur einem Affenarsch wie Dir kann es so gut gehen. Du Schnösel. Und Du meinst, Du bist der Größte,* dachte ich weiter. *Weißt Du, was du bist? Eine Null, ein Nichts, ein Niemand.* Ich merkte, dass meine Verbitterung, aber auch meine kommunistische Einstellung, basierend, das muss ich jetzt erwähnen, auf der Lehre und dem Vorbild des Propheten Jesus von Nazareth, herauskam. Denn dieser Lehrer, wie man in dem Buch verfolgt und feststellt, war die Grundlage meiner Erziehung. Außerdem hasste Ich seinen Charakter bereits vorher. Und was machte ich? Ich legte mich mit diesem Idiot an; eine Schande.

„Das hättest Du wohl gerne, oder?", fragte ich ihn ganz gemein. „Häh?" Sein Gesichtsausdruck zeigte Verwunderung und Unverständnis. „Darauf kannst Du lange warten", fuhr ich fort. „Hast Du wirklich gedacht, ich würde mit Dir schlafen... irgendwelche... intime Dinge mit Dir tun? Das dachtest Du wohl, Du hochnäsiger, dummer, arroganter Idiot. Da kannst Du so lange warten bis Deine Oma zu Fuß zum Mond und wieder zurückläuft." Dann riss ich mich von ihm los, lächelte ihn ehrenrührig an und ging Richtung Ausgangstür. Ich merkte, ich schwankte noch ein wenig, aber ich war entschlossen dieses Lokal zu verlassen.

Was hinter der Tür zurückblieb war mir absolut egal, denn mir ging es danach gut. *Ich werde ihn nie wiedersehen,* dachte ich. Ein befreiendes Gefühl, das meinen Körper zum Zucken brachte.

Als ich die Straße erreichte, zitterte ich. Nicht nur aufgrund der Kälte, aber auch wegen der Dunkelheit, die für mich seit meiner Kindheit furchterregend war. Bento wohnte leider etwas außerhalb. Ich würde sagen, ziemlich isoliert in einem Neubauviertel der Stadt. Als ich meinen ganzen Mut zusammengebracht hatte, knöpfte ich meine Jacke zu und machte mich zu Fuß auf den Weg nach Hause. Ein langer Weg, aber ich wollte gehen. Außerdem war es mitten in der Nacht und Busse fuhren in diesem Teil der Stadt erst ab sechs Uhr morgens.

Geräusche hinter mir brachten mich aus meiner Gedankenwelt heraus. Ich schaute nach, sah aber nichts. Alles dunkel. Ich begann etwas schneller zu laufen und spürte, wie mein Herz jetzt schneller schlug. Irgendetwas stimmte nicht. Ich schaute hinter mich. Nichts.

Als ich mich nach vorne drehte, sah ich ihn vor mir stehen. Ich hatte das Gefühl, mein Herz würde aus meiner Brust springen. "Was machst du hier?" fragte ich. Er antworte und der Klang seiner Stimme war verändert, kalt, berechnend. Mein Herz drohte still zu stehen.

„Du bist eine wunderschöne Frau und eine wunderschöne Frau verdient nur wunderschöne Sachen." Seine Stimme erkannte ich nicht mehr. Die Angst stieg in mir auf und ich bekam Gänsehaut. Alles in mir veränderte sich. Die Nüchternheit ersetzte sofort den Alkohol in meinen Gefäßen. Weglaufen war mein erster Impuls, aber meine Beine gehorchten mir nicht mehr und als er den Impuls bemerkte stellte er sich mir abrupt in den Weg.

Der Kampf begann. Eine kalte, starke Hand fasste mich mit einem Mal brutal am Arm. Dann an den ganzen Körper, überall, ganz besonders zwischen meinen Beinen. Ein Ekelgefühl stieg in mir auf. Mit der anderen Hand würgte er mich an meinem Hals. „Wenn du nur den Versuch machst zu schreien oder weg zu laufen, bringe ich dich um." erwidert er mit einer heiseren und kalten Stimme, die so schneidend war wie eine Rasierklinge. Die grobe und kräftige Hand drückte meinen Hals so kräftig zu, dass ich kaum Luft zum Atmen bekam. Dazu presste er seinen Mund auf meinen, so dass es mir weh tat. Unerwartet zärtlich küsste er meine Schläfen, zwang mich auf den Boden und murmelte leise: „Du wirst jetzt deine Beine ganz schön auseinander bringen und keinen Ärger machen." Er atmete laut und ziemlich schnell. Sein Atem stank unerträglich nach Alkohol. Ich spürte mit Abscheu die feuchte Zunge skrupellos an meinem Hals, dann auf meinem Dekolleté. Blitzartig quetschte er seinen Mund auf meinen und dann wieder auf den Hals. Ich wollte schreien als er mir mit einer schnelle Handbewegung die Vorderseite von meiner Bluse zerriss. Er packte meinen

Hals wieder und forderte mich auf, still zu bleiben: „Psssst, wag es nicht, einen Laut von dir zu geben!" Seine Hand verließ nun meinen Hals und presste meine Brüste so stark, dass ich angefangen habe, laut zu weinen. „Was für geile Titten Du hast, ich könnte sie die ganze Nacht kneten, aber ich werde jetzt dich ficken, Du Schlampe! Du sollst jetzt deine Beine auseinander machen!" befahl er. Ich versuchte, die Beine kräftig festzuhalten, um ihm keine Chance geben. Ich war noch Jungfrau und in Vergleich mit allen anderen Mädchen, die ich kannte, ziemlich spät dran für meine erste sexuelle Erfahrung. Aber meine Jungfräulichkeit wollte ich jemand besonderem geben, jemandem, den ich liebte. „Mach die Beine auf, du Miststück!" sagte er und mit einer kräftigen Bewegung zwang er mich die Beine zu öffnen. Er steckte seine Hand in meine Vagina und lachte euphorisch dabei. Die Schmerzen, die dieser Mensch in mir hervorgerufen hatte, waren fast unerträglich. Er atmete noch schneller und seine Euphorie wandelte sich in eine kranke Lust, die ich nicht beschreiben kann. Ich hatte das Gefühl, Teil einer Horrorgeschichte zu sein. Mein ganzer Körper fühlte sich kalt, stumm und betäubt an.

Ist das hier auch Bestandteil eines lebenswerten Lebens? Nein. Ist es nicht. Ach ja, stimmt. Fast hatte ich es vergessen: Das Gute und das Böse. Das Gesetz der Polarität ist hier deutlich zu erkennen aber was ist mit dem Gesetz des Gleichgewichts? Es ist hier komplett vernachlässigt.

Blitzschnell erreichte er seine Hose, öffnete sie rasch, zog sie runter und drang rücksichtslos in mich hinein. Sein Penis fühlte sich hart an. Mir tat dabei alles weh. Überall. Mit brutalen Bewegungen machte er weiter. Er atmete schwer und begann plötzlich mir zärtliche Liebeserklärungen zu machen: „Du riechst so gut, Sofia, nach Honig, ich könnte Dich aufessen, so gut riechst Du." Er stieß immer weiter in mich rein und fuhr fort: „Ah Ana! Ana Sofia... ich bin... so... verrückt nach... Dir, nach deinem Körper, ...nach diesem Geruch, den Du hast." Mit der einen Hand drückte er mir auf weiter auf den Hals, um sicher zu sein, dass ich mich nicht wehren würde. Mit der anderen Hand streichelte er meinen Kopf und beendete diese Zärtlichkeit in meinem Mund, indem er mir die Lippen mit seinen groben Fingern zusammenpresste. Ich konnte kaum Luft holen. „Bitte schreie nicht, ich möchte Dir nichts antun. Ich liebe Dich sogar, weißt Du das nicht? Dieser Körper, er...ist so lecker...ich...äh...Du bist so geil...ich...Sofia... Sofia..." Er vertiefte seinen Penis kräftiger, grober, schneller weiter in mich hinein. Ich weinte, die Tränen liefen mir übers Gesicht. Minuten, die zur Ewigkeit wurden. Sein Atmen wurde schneller und seine Bewegungen auch. Der Geruch dieses Mannes war kaum zu ertragen. Sein Orgasmus kam und er schrie dabei laut, als ob er kein Mensch wäre, sondern ein Tier. Ein krankes Tier!

Er ging von mir runter und ich sah seinen ironischen grässlichen Blick, sein selbstzufriedenes Lächeln. Übelkeit stieg in mir auf. Er guckte mich an, knöpfte seine Hose zu, lächelte und ging. Ich erbrach mich, ließ meinen Kopf auf den Knie fallen und blieb dort. Wie lange? Kann ich nicht sagen. Seelische und körperliche Schmerzen, vor allem leibliche Schmerzen, überkamen mich. Zeit hatte keine Relevanz mehr. Das Schlimmste in der ganzen Misere, das Schlimmste, was blieb, war nicht der Hass, das Selbstmitleid, die Opferrolle, bloß das Schamgefühl.

Ich verließ den Job und alle guten Bekannten, die ich dort hatte. Was geschah mit meinem Freund John, dem Engel? Um ihn machte ich mir keine Sorgen. Bis heute nicht. Er war und ist etwas Unbeschreibliches, etwas Unsterbliches. Die Schönheit selbst, der Wind, der von allen Seiten kommt und mein Gesicht streichelt. Aber Bento wünschte ich nur den Tod. Nein, nicht den Tod. Ich wusste nicht, was ich ihm wünschte. Ich weiß es bis heute nicht. In meinen Augen ist keine Strafe groß genug für ihn. Vielleicht war ich diejenige, die diese Erfahrung gesucht hat. Aus welchen, Gründen bleibt mir ein Rätsel.

Jetzt denken die Skeptiker: Warum ließ sie das mit sich machen? Und warum erzählt sie uns nicht mehr von den schönen Sachen? Weil hier der Leidensdruck einfach zu groß wird. Natürlich wollen wir nur das Positive hören, die Schönheit in allen Formen der Existenz erkennen, das Glück erfahren. Ich sag es Ihnen, die schönen Ereignisse des Lebens sind lediglich die Belohnung. Nur durch die Erfahrung des Schlechten wird das Gute erst erkennbar. Wir würden es weder wahrnehmen, registrieren, genießen noch dankbar dafür sein. Eine Aussage, die ständig wiederholt wird, aber dafür um so häufiger auch ignoriert. Das unbewusste Verhalten in uns lenkt unser Leben.

Es ist nun an der Zeit aufzuwachen und vielleicht dankbar zu sein für das Gute, das uns umgibt. Unser Aufenthalt auf der Erde ist zu kurz. Ist das zu verstehen? Leben wollen wir alle, aber zu wissen, wie, ist die Kunst. Der Mensch versucht durch die Erziehung von Eltern, Schulen, Religion korrekt zu leben. Ach, lass mich lachen. Gefangene sind wir! „Allegoria da caverna", Platons "Höhlengleichnis". Haben Sie schon mal davon gehört? Wir glauben, dass die Schatten, die wir an der Wand sehen, die Wirklichkeit darstellen. Die absolute Wahrheit. Und ja, ich sah zu dieser Zeit nur Schatten. Ich war die Gefangene meiner eigenen Gefühle. Eine Reise die mich zu neuen Denk- und Lebensweisen geführt hat.

Verloren im Labyrinth

„Das Leben ist beständiges Gehen im Labyrinth· Ankommen und Aufbrechen· Zur Mitte finden und sie wieder verlassen· Sich wenden müssen und immer weiter kommen·"
(Gernot Candolini)

Mein lieber Vater wohnte in der Nähe meines letzten Wohnortes bei einer seiner vielen Frauen. Verloren in Gedanken rief ich ihn in einem seiner Zuhause an, besser gesagt, bei eben einer seiner Frauen. „Wer ist da?", fragte eine aufgeregte Frauenstimme. „Was wollen Sie von ihm? Ich habe es satt, hier ständig Anrufe von anderen Frauen zu bekommen. Wenn Sie ihn erreichen möchten, dann tun Sie es, aber..." Irgendwann hörte ich nicht mehr, was sie sagte. Ich stellte mir nur vor, wie das Huhn auf der anderen Seite aussah, denn persönlich kannte ich es nicht. Im Gedanken sah ich alle Federn aufgestellt und hörte schrilles Gegacker: Còròcòròcòrò. „Hören Sie mal", unterbrach ich ganz höflich und ruhig. „...Es tut mir leid, was Sie da erleben." Ist eigentlich auch ihre eigene Schuld. Auch eine Gefangene, dachte ich nur. „Aber ich bin seine Tochter, seine jüngste Tochter und ich muss dringend mit ihm sprechen." Und das musste ich wirklich, denn ich hatte gekündigt und wusste nicht mehr weiter. Ihre Stimme wurde plötzlich sanfter und sie entschuldigte sich. Sie begann zu klagen: „Ständig rufen hier irgendwelche Weiber an und bla, bla, bla..." Alles, was ich schon wusste. Am Ende versprach sie ihn zu sagen, dass ich mich gemeldet hatte. Immerhin.

Ein paar Tage später tauchte er auf, nahm mich mit zu seiner dritten Frau. Ich kannte sie noch nicht, auch nicht telefonisch. Sie wohnte wieder in einem anderen Stadtteil. Es schien so, als hätte er genug Auswahl an Frauen und Wohnorten. Eine Liste bekam ich leider nicht. Ich kannte diese eine zwar nicht, aber wo sollte ich hingehen. Meine Freundin hat mich plötzlich allein gelassen und wie sie mir kurz erklärte, hatte sie auf einmal die Nase voll von der Großstadt. Für mich war die schreckliche Sehnsucht nach Mami der wahre Grund. Super! Ich war also obdachlos, denn das Haus, in dem wir gewohnt hatten, gehörte ihrem Vater. Und so was es. Einfach "bye bye". Mein Geld nahm sie natürlich mit. Ich, der große Samariter.

„Ana Sofia, sie ist sehr nett. Eigentlich wollte sie immer Kinder haben, aber ich habe ihr klar gemacht, dass ich keine mehr will", sagte Vater. *Vernünftig*, dachte ich. Irgendwelche Kinder, die hätten existieren können, haben einfach Glück gehabt. „Sie ist deswegen unglücklich, aber sie freut sich darauf, dich kennen zu lernen." Eine sehr nette Frau, zu meiner Überraschung. Die deutsche Kultur war ihr bekannt, denn sie hat Jahrzehnte dort als berühmte Köchin gelebt. Mein Vater ist zwar niemals in Deutschland gewesen oder hatte Deutsch in der Schule gelernt, konnte aber bruchstückhaft Deutsch sprechen. In Gesprächen bei Mama zuhause schwärmte er oft von seiner „Deutschlehrerin" und plötzlich war mir klar, wer diese Frau war. In meinen Augen war sie einfach nur hässlich und dick aber ich verstand nun, was mein Vater an ihr sah: Hingabe und innere Schönheit... vielleicht.

Ach... "Bullshit"! Das war es bestimmt nicht. Die Fragezeichen bleiben bis heute bestehen. Trotz meiner Vorbehalte kümmerte sie sich rührend um mich. Wenn meine Mutter das gewusst hätte, hätte sie lebendige Schlangen bis nach China geworfen. Zum Wohlbefinden von uns allen, natürlich auch dem der armen Schlangen, würde ich ihr davon nichts erzählen. „Siehst Du", sagte sie zum Vater, „wir hätten genauso eine Tochter haben können, im gleichen Alter." Sie schaute mich an und lächelte. In diesem Moment schwamm ich in meiner Wut und wurde rot vor Zorn. Ich hätte ihr gerne gesagt, sie sollte aus ihrer Traumvorstellung aufwachen. Aber nein, ich sagte nichts. Ich schwieg, wie immer und entschied, die beiden auf der Stelle zu verlassen. Es waren mir allmählich alle zu durchgeknallt.

Als ich draußen in der Dunkelheit stand, begann ich, innerlich zu schreien: Was zum Teufel willst du von mir, Gott? Warum tust du mir das an? Gibt es irgendetwas, dass ich verstehen soll? Gibt es irgendetwas, das du mir sagen willst? Wenn ja, sei klarer, denn ich kann dich nicht verstehen!

Instinktiv versuchte ich, den Sinn des Ganzen zu verstehen. So benebelt war ich damals vielleicht doch nicht. Ich wehrte mich ständig gegen Gott und hielt mich gerne für eine Nicht-Gläubige. Ich badete in Selbstzweifeln, Mitleid und merkte nicht, wie jeder einzelne dieser Gedanken mich innerlich zerstörte. „Es gibt keinen Gott", war eine meiner Lieblingsaussagen. Ob ich wirklich so empfand? In schwierigen Momenten zweifelte ich sogar an meinem Zweifel an Gott.

Oft dachte ich an die Sage von Odysseus. Der Mann, dessen Herausforderung das Meer mit seinen majestätischen Wellen war und der sich dadurch gegen Zeus stellte. Odysseus wollte Zeus ständig zeigen, dass er gut ohne ihn klar kam. Die Schwierigkeiten und Hindernisse in dieser Sage waren so groß, dass er erst nach Jahren erkannte, wie machtlos er ohne die Götter war.

Ich fühlte mich wie ein "Odysseus" der neuen Ära und meine Lebensaufgabe sollte es anscheinend sein, Gott in meinem Leben zu erkennen. Heute weiß ich, dass ich zu dieser Zeit kurz davor war, zu resignieren. Außerdem war ich nicht mehr in der Lage, zu kämpfen. Aber meine Schwierigkeit lag wohl darin, dass ich mich nicht für die richtigen Waffen entscheiden konnte. Dabei hätte ein Schwert gereicht. Oder auch nur eine Ohrfeige. Und dazu hatte ich auch noch große Ideale. Eines davon war meine Verpflichtung zur Gewaltlosigkeit, denn jegliche Anwendung von Gewalt wurde mir von meiner selbstauferlegten Philosophie untersagt. Es war mir lieber, alles ganz schön herunterzuschlucken. Heute schlage ich eher drei Mal mit mein Kopf gegen die Wand, bildlich natürlich nur, und sage zu mir selbst: „Du hättest diese Ohrfeige selber bekommen sollen. Du warst es dir schuldig, auf dich aufzupassen."

Es hörte sich so an, als ob ich für alles immer eine Ausrede oder Erklärung habe. Und wenn ich anscheinend so viel weiß, warum habe ich mein Leben nicht anders gelebt beziehungsweise mein teuer erworbenes Wissen besser eingesetzt? Wie mir heute erst bewusst wird, war meine negative Seite sehr ausgeprägt, und gegen diese Kraft kam ich lange Zeit nicht an. Aber tief in mir reifte das

Bewusstsein, dass ich irgendwann diesen Kampf gewinnen würde.

Zunächst aber wollte ich mein Bad im Selbstmitleid beenden. Ich stellte mir die Frage, wie viele Menschen auf dieser Welt gerade dabei sind, etwas Böses zu erleben. Wie viele Menschen, die ich kenne, stecken in Verstrickungen, denen sie augenscheinlich nicht entrinnen können? Aber gut, ich weiß, meine Aufgabe ist, das Leben zu leben, das ich lebe. Erst wieder auf die Beine kommen, dann ist es vielleicht möglich, auch andere mit hochzuziehen. Der liebe Gott, sollte er doch existieren, steckt bestimmt aus lauter Verzweiflung seinen Kopf zwischen die Hände. Die Werkzeuge, um das Leben erfolgreich zu meistern, haben wir alle erhalten. Leider sind wir für das Leben schlecht vorbereitet. Gut ausgerüstet zwar, aber ohne Ahnung, wie wir mit der Ausrüstung umzugehen haben. Und was passiert? Wir werden zu Sklaven unserer negativen Eigenschaften in diesem wundervollen Leben und beschuldigen noch dazu den gütigen, unsichtbaren und himmlischen Charakter, Schuld an unserer Misere zu sein.

Was mich jetzt angeht, nehme ich die Geige an die Hand und werde furchtbar schiefe Töne spielen, die meine Nachbarn wahrscheinlich in Schrecken und teilweise in die Hölle versetzten.

Das Aufwachen

„Ich bin der Zwischenraum zwischen dem, was ich bin, und dem, was ich nicht bin, zwischen dem, was ich träume, und dem, was das Leben aus mir gemacht hat, der abstrakte und leibliche Mittelwert zwischen Dingen, die nichts sind, da ich ebenfalls nichts bin· Welche Unruhe, wenn ich fühle, welch Unbehagen, wenn ich denke, welche Nutzlosigkeit, wenn ich will·" (Fernado Pessoa)

Auf dem Weg traf ich Carolina, eine meiner alten Kolleginnen. Sie lud mich zu sich nach Hause ein, bis ich eine Entscheidung treffen sollte, wo ich wohnen würde. Sie hatte eine Ein-Zimmer-Wohnung. Drinnen wohnten: Sie, ihre 16 jährige Tochter, ihr 13 jähriger Sohn und ein Hund. Ein kleiner Mischling, der ständig Krach machte. Und jetzt ich. Ich machte zwar keinen Krach, aber war in deren Augen ein außergewöhnliches Wesen, das alle ein bisschen durcheinander brachte. Trotzdem suchte ich eine Ecke, in der ich meditieren konnte, denn das habe ich

Ihnen noch nicht erzählt: Ich hatte bereits meine erste Begegnung mit Yoga in der Großstadt.

Ich bin eben mit einer Freundin spazieren gegangen. Sie ist ganz lieb. Zwar dickköpfig, aber sehr lieb. Nachdem ich sie kurz und bündig auf den neuesten Stand meiner aktuellen Lebenssituation gebracht habe, lehne ich mich zurück und warte auf den Wasserfall. Das heißt, die Rolle des Erzählers kann ich mir ersparen. Ich bekomme, ob ich will oder nicht, die Rolle des Zuhörers. Wenn es jemanden gibt, der alles, was er denkt, herausspucken kann, dann ist sie das. Ihr zuzuhören ist eine regelrechte Konzentrationsübung. Yoga halt. Ich bemerke plötzlich, dass ich noch Schwächen in diesem Bereich habe. Bin eben noch nicht so weit, wie ich dachte. Muss weiter meditieren.

Überzeugt erzählt sie weiter, ich aber sehe nur noch die wilden Bewegungen ihrer Hände, ihrer Lippen und ihres Kopfes. Im Hintergrund mein Lieblingsthema: Bla bla bla bla bla. Konzentriere Dich jetzt! Was hat sie gerade gesagt? Ich hoffe, sie stellt keine Fragen darüber. Warum erzähle ich das alles? Leben sie, beobachten sie, lieben sie. Urteilen sie nicht. Akzeptieren Sie andere und sich selbst genau so, wie sie sind. Sollten Sie etwas verändern wollen, dann tun Sie es, aber nur das Zerstörerische in sich selbst. Und Sie werden, wenn Sie ein guter Selbstbeobachter sind, ganz genau diese Seite in sich aufspüren. Das allein ist ein wichtiger Schritt, hin zu ihrem persönlichen Glück, denn nur, wenn Sie sich dieser Seite bewusst sind, können Sie sich ihr stellen. Hören Sie bitte auf die Botschaft jedes Augenblickes, jeder Begegnung. Ich mag diese Frau. Dennoch gehen meine Gedanken in eine andere Richtung weiter.

Zurück zu Yoga. Zurück zu Carolina. Denken Sie nicht, liebe Leserin, lieber Leser, dass ich Sie jetzt hier mit Werbung, Berichten oder einer anderen Art von Informationen überhäufen werde, denn das tue ich nicht. Von meiner ersten Begegnung mit Yoga, bei der mir klar wurde, wie wichtig Meditation im Leben ist, möchte ich aber doch erzählen.

Ich saß in einem noch nicht beherrschten Lotussitz bei meiner Freundin Carolina in der Großstadt. Es war unbequem und unnatürlich. Wer zum Teufel kann in so einer ungemütlichen Position sitzen und versuchen, sich auf irgendetwas zu konzentrieren? Meine kurze Begegnung in der Großstadt hat mich weniger Körperhaltung gelehrt, als mir verdeutlicht, wie ich meine Sinne nach innen richten sollte. Aber mir fehlte der gesunde und elastische Körper, um entspannter sitzen zu können und dabei meine Gedanken zu zügeln und bei mir zu halten. Ich arbeitete hart daran, meinen Körper, Atem, meine Gedanken, Gefühle und vielleicht irgendwann dieses große Ich, das irgendwo in mir versteckt ist, bewusst wahrzunehmen. Trotz so viel Größe und Macht, schien dieses große Ich von dem kleinen Ich (Ego) das Ruder nicht übernehmen zu können oder zu wollen.

Ich hätte es gerne geschafft, ich meine, die Sinne nach innen zu kehren und das große Ich anzuzünden, aber nach innen wollten die Sinne verdammt noch mal nicht. Es war immer viel interessanter zu beobachten, was außerhalb von mir geschah: Wie Carolina das Geschirr spülte, der Hund sich kratzte, ihr kleiner frecher Sohn sich eine Zigarette anzündete, und Carolina merkte es nicht, oder sie tat nur so.

Was Sie, liebe Leserin und lieber Leser, vielleicht nicht erkannt haben: Genau in diesem Zustand beginnt das

Leben. Keine Sorge. Ich habe es damals auch nicht erkannt.

Zurück zur "Meditationsecke" bei Carolina: Nach mehreren Versuchen geschah es.

ICH WAR ERLEUCHTET... Ein Scherz, nur ein böser Scherz. Nur die Sonne war das. Die Sonne schien durch das kleine Fenster direkt in mein Gesicht. Und das tat gut. Sonnenstrahlen auf der Haut spüren, ist das nicht die wahre Meditation des Lebens?

Natürlich war dies der Ursprung oder der Start eines meiner wichtigsten Hobbys: Yoga üben. Jahre später beherrschte ich mehrere Stilrichtungen, ohne mich wirklich in nur eine zu vertiefen. Es gehört zu unserem Dasein, den großen Durst zu verspüren, über alles so viel wie möglich zu erfahren. Etwas von diesem, etwas von jenem, ohne sich wirklich auf irgendetwas zu spezialisieren. Oh grausam. Ich war und bin wahrscheinlich heute noch total oberflächlich. Oh nein. Ich muss es gestehen. Ich bin oberflächlich. Moment. Bin ich das, der so denkt, oder sind das die Worte anderer? Diese Gedanken, die mir durch den Kopf gehen. Gehören sie mir? Habe ich sie ausgebrütet? Selber? Oder sind sie von anderen in meinen Kopf eingepflanzt worden? Oh Gott, wo ist meine Originalität? Ich glaube, meine Gedanken sind zum Teil nur die Wiedergabe von Gedanken anderer. Wie könnte ich so etwas unterscheiden? Wie identifiziere ich originale Gedanken? Wie angle ich sie? Gedanken, aus dem Nichts geboren, die Teil meiner eigenen Persönlichkeit sind. Sollten Sie, liebe Leserinnen und Leser, das hier nicht verstehen können, schlage ich vor, dass Sie ein Jahr lang Oliven sammeln gehen. Am liebsten allein. Danach sprechen Sie mich an. Willkommen in der Wirklichkeit. Die Frage stellen sich mit Sicherheit viele Dichter und Denker seit einer Ewigkeit. *„Na ja. Vielleicht weißt Du die Antwort. Vielleicht weißt Du es besser."* Jetzt rede ich auch noch mit mir selbst. Es wird immer besser. So viel zu dem Wunsch nach Bodenständigkeit. Der Wunsch des Nichtdenkens, der Wunsch, nur zu leben.

Nun zum Yoga. Nach meiner Auswanderung ließ ich mich RICHTIG ausbilden und lernte auf eine andere Art, wie man Yoga übt. Richtiges "Hatha-Yoga", hörte ich immer wieder. Ich war fasziniert davon und ich muss sagen, Yoga hat mich fast jedes Mal aus der Tiefe herausgeholt. Ja, das tat es. Dadurch hatte ich gelernt, wie man das Leben lieben soll, wie ich mein Wesen lieben soll, wie ich mir bewusster werde über die Natur, mein Umfeld und über die Existenz eines Himmels, einer Erde und ein besonderes Ich, die verknüpft sind, waren und immer sein werden. Deren Aufgabe: Zuständigkeit für mein Dasein.

Meinen Körper und seine Grenzen lernte ich auch detailliert kennen. Dazu muss ich sagen, dieses bewusste Leben, ohne äußerliche oder innerliche Einflüsse, fühlt sich genauso gut an wie die Kellerausflüge mit John. Aber leider ohne die süße Zahnlücke oder das Lispeln. Alles können wir leider nicht haben.

Viele "Gurus" der modernen Zeit habe ich kennengelernt. Viele unterschiedliche Einstellungen, aber alle haben die gleiche Basis. Wir wollten alle im Westen das integrale Yoga erfahren. „Danke Meister Lukas." Der "Guru", der mich von ganz oben herab anschaute. Er "Upa Guru", ich "Yogi", die brave Schülerin.

Wir alle waren auf der Suche, wir alle wollten den unbezwungenen Teufel in uns vernichten oder unter Kontrolle bringen, das Ego natürlich. Und das Hauptziel:

Den "Samsara-Kreislauf" stoppen und "Nirwana" erreichen. Denn, wer möchte, bitteschön, so oft durch Wiedergeburt auf die Erde zurück? Es wäre doch langweilig... und wir alle wollten vor allem viel Geld verdienen. Wir alle wollten die Besten sein. Wir alle wollten die großen "Yoga-Stars" sein und das große Doppelglück erreichen. Ich war auch eine derjenigen mit dem Wunsch, ein großer "Yoga-Star" zu sein. Bravo!

Wir kritisierten uns gegenseitig. Vor allem, wenn man nicht ein richtiger "Yogi" war.

Oh nein, kommt nicht auf die Idee, Brötchen zum Frühstück zu essen, denn Du fütterst damit dein Ego. Ja, liebe Leserin, lieber Leser, aber viel Geld abzunehmen von den armen Suchenden, ja, das konnten sie und damit hatte das Ego nichts zu tun. Am Ende einer langen Ära habe ich festgestellt, dass sie alle nur Egos waren. Nicht nur ein Ego, das nicht unter Kontrolle war, sondern ein Ego mit großen Wünschen nach Erleuchtung, dem "Nirwana", dem Wohlstand des eigenen, wahren Ichs. Meiner Meinung nach ein monströses Ego und mit diesem Ungeheuer wollte ich nichts zu tun haben. Habe ich das falsch verstanden? Ja. Ich benutze diese Philosophie und diese Technik heute noch, um Klarheit zu schaffen: Das „Shanca". Nur um Klarheit zu bekommen und dadurch die sogenannte Weisheit zu erlangen, denn nur mit der nötigen Ruhe und Energie können wir viel klarer sehen und in Wahrheit leben. „Die Weisheit ist nur in der Wahrheit", sagte bereits Johann Wolfgang von Goethe. Natürlich spielen die notwendige Gesundheit und Ausgeglichenheit eine Rolle. Vor allem, und ich betone es stark: Die körperliche Gesundheit. Nur in einem gesunden Körper kann ich mein Bewusstsein erweitern.

Genug über Yoga. Dazu könnte ich auch sagen, wie wunderschön es ist zu malen, Musik zu machen und zu hören, zu tanzen, zu singen, zu surfen, zu nähen, im Garten zu arbeiten, Motorrad zu fahren, Steine zu behauen u.v.m. Das alles ist Yoga in meinen Augen. Das Sein im Hier und Jetzt, das Bewusstsein erleben, jetzt. Danke, Meister John... Du Guru. nein, nein: Danke SADGURU, Du wahrhaftiger John. Die Ausflüge in den Keller waren sehr aufschlussreich.

„Vor der Erleuchtung: Holz hacken und Wasser tragen. Nach der Erleuchtung: Holz hacken und Wasser tragen" (Aus dem Zen-Buddhismus)

Nach einem kurzen Aufenthalt bei meiner Freundin Carolina entschied ich mich, mit dem nächsten Zug nach Hause zu fahren, zu Mama. Für einen kurzen Moment musste ich an Fernando denken.

Die Kriegerin

„Fürchte weder König, noch Krieger· Fürchte den der alles verlor, da er nichts zu verlieren hat·" (Pascal Dirkes)

Für mich begann ein neuer Lebensabschnitt, dem ich erwartungsvoll entgegenfieberte. Von Mama ins Ausland, in das wunderschöne Deutschland. Ein Land mit viel Wasser, aber eine düstere Zeit für mich. Ich hatte das Gefühl, ich rutsche tiefer und tiefer. Der Tunnel war so lang und so dunkel, so böse und vor allem so kalt, und kein Lichtschalter oder ein Kaminofen in der Nähe. Das Böse gehört angeblich auch in das Ganze, in das Komplette, in das Sein. Und ich musste es jetzt auf diese Weise erleben: Ich hatte geheiratet. Gut, oder? Das sollte ich vermutlich selber am besten wissen, oder?

Zurück zu dieser Ehe: Durch mein Fenster erlebte ich, wie ein dicker Mercedes mit dunklen Scheiben am Straßenrand parkte. In meiner Fantasie, die, wie langsam erkannt wird, bei mir genügend vorhanden ist, war ich der große Jäger. Der Gute und sie, die im Mercedes, die Gejagten, die Bösen, die sich langsam ergaben. Ja, die deutsche Mafia-

Elite. Die Lieferanten, wenn ich es so sagen darf. Ich wünschte mir, sie alle einzusperren, und zwar alle und für immer. Mein Gott, ich war gerade 24 Jahre jung und unschuldig. In dieser Zeit entstanden zwei wundervolle Kinder, mit denen ich heute sehr glücklich bin. Aber die Reise bis hierhin war sehr komplex. Wie schon erwähnt begegnete ich im Laufe der Zeit vielen Dämonen, vor allem in den Augen des Mannes, der mich damals begleitete und ständig mit diesen Dämonen konfrontiert wurde. Im Schlafzimmer an der Wand, mitten in der Nacht, tauchten sie meistens auf. „Jetzt, pass auf! Da sind sie. Sie kommen, sie kommen, bitte vernichte sie, lass sie verschwinden..." Ich sah nur den Horror in seinem Blick und dachte: Don Quixote del la Mancha auf "Crack". Ich weigerte mich aber, die Rolle des Sancho Panza zu übernehmen. Es lag bestimmt an seinem Esel. Hätte er doch nur ein Pferd gehabt, wie sein Herr. Ob ich über diese Zeit reden möchte? Nein. Möchte ich nicht. Heute bleiben nur noch Erinnerungen. Und das ist gut so. Ich bin frei, frei von solchen Begegnungen. Der Kampf war aufwendig, aber die Dämonen sind weg. Auf Grund dessen habe ich ein ganz großes Grinsen im Gesicht. Ich gewann diese Schlacht, auch ohne ein Pferd.

Ich versetzte mich in das Alter von circa fünf Jahren. Da bekam ich einen neuen Abenteuergefährten. Seine Farben: Weiß, Rot und Gelb. Seine kleinen Spitzohren gaben ihm Dynamik. Seine sanften Augen wirkten vertrauenerweckend. Sein Lächeln schenkte mir Geborgenheit. Bis dato war es der schönste Tag meines Lebens, der Tag, an dem ich ein wunderschönes Geschenk bekommen habe. Ein Pferd namens Silver. Ab diesem Tag, nach dem Aufstehen, nach dem Frühstück, ging ich zu ihm und flüsterte in sein Ohr und fragte ihn:

„Guten Morgen Silver. Wo sollen wir heute hinreiten? Was sollen wir für Abenteuer erleben? Bist Du bereit?" Er lächelte... für mich war das ein Ja. Gut. Ich stieg auf. Da überkam mich ein erfüllendes Gefühl von Geborgenheit und wir waren bereit, einfach drauflos zu reiten. Wir ritten durch Prärien, wir überquerten Flüsse, wir galoppierten durch den Wald, zwischen den Bäumen. Spürte, wie der Wind mein Gesicht streichelte. Wir überquerten Hügel, sprangen über Hindernisse und gelangten endlich ans Meer. Die Wellen kamen und gingen. Silver ging im Schritt und ich genoss die Farben des Meeres, den Geruch, das Schreien der Möwen. Die Wellen kamen und gingen und kamen und gingen und kamen und gingen. Ich genoss nicht nur diese Welt, ich ließ mich in die Energie dieses Pferdes hineinziehen. Ich liebte dieses unglaubliche, abenteuerlustige, dieses ganz hübsche weiß-rot-gelbe Schaukelpferd mit den spitzen Ohren.

Ob ich weggelaufen bin? Vielleicht. Das Pferd begleitete mich immer, wann ich wollte, wohin ich wollte, wie lange ich wollte. Silver benutzte ich nicht nur zu meinem Vergnügen. Wenn ich mich angekettet fühlte, bewusst oder unbewusst, trennte ich mich von diesen Ketten und galoppierte mit Silver in die Freiheit. Eins ist sicher: Egal wohin, egal wann, für wie lange und in welcher geistigen Verfassung, Sie werden immer Engel und Dämonen auf ihrem Weg treffen. Immer wieder. Lernen Sie einfach, sie zu erkennen und mit beiden umzugehen, denn sie sind da. Jederzeit. Silver wohnt noch oben, auf dem Dachboden.

Plötzlich ein Bild vor mir: Großtante Benedita, Pfarrer Diogo und alle Katechisten aus dem Dorf. Dazu noch der alte, liebe Pfarrer. Ich hörte sie im Chor sagen: „Siehst Du? Was haben wir Dir gesagt, Du Ungläubige?" „Siehst Du?", betonte Großtante Benedita. „Glaubst Du jetzt an den Teufel, Du Judas?" Das ist die Strafe, weil Du nicht glauben wolltest." Oh Mann. Zum Glück war es nur ein Fantasiebild. Liebe Großtante, Pfarrer Diogo und der ganze Rest. Lieber Gott von Großtante, ihr seid verrückt und durchgeknallt.

Zurück in der deutschen Großstadt: Es war eine große und auch eine arbeitsreiche Zeit. Nachdem ich die Sprache gelernt hatte, bildete ich mich schulisch weiter. Ich wollte von ganzem Herzen meine Träume verwirklichen. Nein, ich war besessen davon. Was ich nicht wusste, war, dass der Kampf als alleinerziehende Mutter mit den Beamten gerade erst begonnen hatte. Ein aussichtsloser Kampf. Glücklich und mit meinem Abschluss in der Tasche, begab ich mich auf die Suche nach Weiterbildungen oder neuen Berufsbildungsmöglichkeiten. Ich möchte nicht klagen, aber nachdem ich mich hatte scheiden lassen, fühlte ich mich wieder frei und wollte natürlich die finanzielle Unabhängigkeit, und am liebsten Karriere machen... wenn es geht... bitte schön. Schon mal vom Arbeitsamt gehört? Das ist so ein trauriges und frustrierendes Kapitel. Eine Kleinigkeit im Vergleich zur Globalisierung, die dabei war und ist, unsere Gesellschaft in Beschlag zu nehmen. Eine moderne und nicht mehr primitive Zeit, in der Kinder verhungern, Kinder sexuell missbraucht werden, Kinder versklavt werden, Erwachsene versklavt werden. Menschen, deren Grundrechte massiv verletzt werden. Die Quelle von Hass und Aggression. Diese Menschen werden später als Kriminelle und Gewalttätige vielleicht enden. Das Resultat unserer gierigen, egoistischen machtsüchtigen Elite. Ich verkrampfe vor Begeisterung. Natürlich fragt keiner, warum es so weit gekommen ist... Korruption, Egoismus, aktive und passive Gewalt, Erniedrigung, Mobbing, Diskriminierung, Rassismus und viel, viel mehr. Und ich, der kleine Mensch, bin hier und beschwere mich. Lustig. Aber nun, ich war und bin ein Teil, ein Tropfen dieser Globalisierung und ich versuche etwas zu tun. Ich meine, mich aus den Abfall zu retten. Wo könnte ich anfangen? Bei mir selber, natürlich. Bei meinen winzigen kleinen Problemchen.

Ich machte Termine mit unterschiedlichen Sachbearbeitern des Arbeitsamtes, denn um meinen Status zu behalten beziehungsweise zu verbessern, musste ich zusehen, wie das Geld nach Hause kommen sollte. Mir war klar, dass ich nur mit einer guten Ausbildung meine Ziele erreichen würde. Dass ich so schnell überfordert sein würde, hätte ich nicht gedacht.

Termin eins: „Sie müssen weiter arbeiten, es gibt keine Lösung für Sie." „Doch. Das werde ich Ihnen zeigen!" „Aha. Das will ich sehen", sagte der skeptisch und voller Ironie. Arschgeigen und zwar groß geschrieben. Die Wut pulsierte laut in mir. Kaum zu überhören.

Zweiter Termin: „Sie arbeiten schon, was wollen Sie? Wir können nur Leuten helfen, die beweisen können, dass sie ihren Beruf aus irgendwelchen Gründen nicht ausüben können. Dann können diese einen neuen erlernen." „Aber es muss eine Lösung geben", erwiderte ich. Denn ich verdiente wirklich wenig mit meiner professionellen und erfolgreichen Telefonmarketingtätigkeit. Er schaute mich an, legte beide Hände mit geschlossener Faust nebeneinander, so, als ob er Handschellen bekommen würde und sagte ganz entspannt auf seinem Stuhl sitzend: „Meine Hände sind mir gebunden. Ich kann nichts für Sie machen. Arbeiten Sie weiter und seien Sie froh, dass sie einen Job haben". Schwuler Idiot dachte ich nur und höflich verabschiedete ich mich mit einem: „Ich wünsche ihnen einen schönen Tag". Die Tür ließ ich sehr diplomatisch hinter mir... knallen.

Termin Nummer drei: „Was wollen Sie? Es gibt nicht viele Möglichkeiten, wir können nicht viel machen. Außerdem sind Sie, (mit anderen Worten erklärt) viel zu alt." Jetzt werde ich auch noch beleidigt von irgendwelchen dummen Idioten. Ich war gerade 30 Jahre alt.

Vierter Termin: „Ah. Ah. Ah. Ah." der war gut drauf. „Ihr da draußen, Ihr tut mir leid. Ich bin hier drin und es ist das Beste, was mir passiert ist. Ich war früher Kaufmann in einer privaten Firma, dann ließ ich mich zum Beamten umschulen und das war die beste Entscheidung, die ich in meinem Leben traf. Mir geht es heute super gut hier drinnen und ich weiß..." in meinen Gedanken hörte ich wieder die alte bekannte Sprache: ich ich ich ich bla bla bla bla. Mein Spiegel vielleicht. Er fuhr fort: „Ihr habt es da draußen nicht so einfach. Tut mir sehr leid für Euch. Ich wüsste nicht, wie ich Ihnen helfen könnte." Danke, dachte ich. Dir kann auch keiner mehr helfen.

Fünfter Termin: „Sie da." sagte ich und zeigte mit meinem Finger auf ihn. „ich möchte nur eine Ausbildung machen." Denn nur, wenn ich mir eine solche Gehirnwäsche von jemandem verpassen ließe, käme ich weiter. Es kann doch nicht so schwer sein. Oh Himmel, hilf mir einen Weg zu finden, wie ich an das Geld kommen kann. "Mein Kampf" schien mir zum Scheitern verurteilt zu sein. „Es muss einen Weg geben." klagte ich und es war so: Entweder arbeitete ich weiter und verdiente ganz wenig oder ich beantragte Geld vom großen "Alibimeister" Vater Staat und konnte umsonst leben. Der Kompromiss war: Währenddessen dürfte ich mich nicht weiterbilden. "Non". "Pas de" Möglichkeit. Würde ich bei dem Versuch erwischt, irgendeine Ausbildung zu starten, dann würde mir dieses Geld gestrichen... Eine Paradoxie, oder? Und zu komplex für meine damalige ängstliche Denkweise. Sehe ich da was falsch? Ich klagte auf höchstem Niveau. Ein typisch deutscher Satz. Seine Antwort: „Sie haben absolut Recht, das ist unlogisch, aber ich kann nichts daran ändern. Das ist Gesetz."

Die Wut stieg. Sechster Termin: „Was machen Sie hier? Gehen Sie nach Hause. Jeder Arbeitsplatz, den Sie besitzen, ist ein Platz, den Sie einem Deutschen wegnehmen." Da musste ich trocken schlucken. Schon mal von der Freiheit der Existenz gehört? Was ist mit dem Gewinn, den ein Ausländer reinbringt? Angeblich ist dies für die Allgemeinheit und für die Behörde eine schwere Vorstellung. Dumme, ignorante Zwiebel, schrie ich innerlich. Na Ja. Unterschiedliche Sichtweisen. Ich glaube, ich weiß was unser lieber, sehr kluger (und sehr deutscher) Sarrazin darüber denken würde, wenn er diese Zeilen lesen würde. Und ja. Er hat Recht... vielleicht.

Die Beamten, der Staat, die Demokratie. Links und rechts. Wo ist die Mitte? Ist die Mitte die richtige Philosophie? Sehr reservierte Menschen, kalt und berechnend, ja , sie waren ja im System, Teil des Systems. Sie waren das System, sie sind die: BEAMTEN. „Du da draußen hast nichts zu sagen, nichts zu meckern. Sei froh, dass wir Dich am Leben lassen. Bloß kein Lächeln zeigen, es wäre zu viel Wärme. Ich Beamter, Du Tier. Und Tiere muss man erziehen. Manchmal waren Bulldoggen da und dann wurden Beamte sehr, sehr klein. Manchmal nicht. Vor allem fremde Hunde waren nicht willkommen in dieser geschlossenen Gesellschaft... Rechte? Welche Rechte? Schon mal von Menschenrechten gehört? Ich meine, den Grundrechten? Dem Recht, in Frieden, Geborgenheit, Genügsamkeit zu leben? Diese Rechte wären schon genügsam... Was ist ein *Lusitaner*? Ich bin ein *Lusitaner*. Eine Mischung aus: Kelten und Iberern. Germanen, Afrikaner und Araber fließen auch in den Genen in meiner Blutbahn. „Du gehörst nicht hierhin." Ob irgendjemand, auf diesem Planeten oder auf dem nächsten, DAS RECHT HAT, MIR ZU SAGEN, UNTER WELCHEM BAUM ICH MEINE SIESTA MACHEN SOLL?. EINS IST SICHER: BROT IST GENUG FÜR JEDEN DA...Aber unerzogene Raubtiere kennen nichts, knurren und können nicht TEILEN. Der Witz daran ist: ...Es ist GENUG für alle da. Und wir sind verdammt, zusammen zu sein. Verdammt, zusammen zu verschmelzen. Die Vorstellung der Getrenntheit ist nur in unseren Köpfen vorhanden. Ich könnte mich auf den Boden schmeißen vor lauter Lachen... Lächerliche Narrheit... Was für eine unangenehme Erfahrung.

Nach mehreren gescheiteren Versuchen entschied ich mich, mein eigenes Schicksal selbst in die Hände zu nehmen. Ich entschied mich, in mein Land zurückzukehren. Leider oder zum Glück erreichte ich nur den portugiesischen Boden in Deutschland und mein schulisches Laufband ließ ich auf portugiesisch fortfahren. Nun, nach drei erfolgreich abgelegten Prüfungen, musste ich diesen Weg verlassen. Die Erklärung? Keine... unorganisierte Arbeit und keiner wusste mehr, was zu tun... Ich bekam den Rat: „Wir wissen nicht, wie es weiter geht. Hat immer funktioniert, aber im Moment fehlen uns die richtigen organisatorischen Mittel. Versuchen Sie es in Deutschland weiter." Und so übernahm ich mit Ratenzahlung irgendwelche Ausbildungen, die ich Teilzeit machen konnte. Später führte ich die Schulbildung in Deutschland fort und bin froh darüber. Dazwischen habe ich wieder eine Menge Leute kennengelernt, die für meine persönliche Weiterentwicklung eine wichtige Rolle gespielt haben.

Also, nicht ständig klagen: Ich Ärmste, ich krank, ich brotlos, ich die Verlassene, ich die Ungeliebte, ich die ungerecht Behandelte. Das tut natürlich weh, aber es sind Mittel, um uns zu Veränderungen zu zwingen. Veränderungen unserer inneren Einstellungen. Hören Sie auf negativ zu sein. Schweigen Sie oder schreien Sie, aber nehmen Sie es an. „Ich liebe meine Tochter, mehr als alles andere." oder... „ich liebe meinen Vater abgöttisch." und... „ich liebe meine Mama über alles, aber..." Ja, dann tun sie es, in Gottes und Himmels Namen, dann tun Sie es. Aber seien Sie sich bewusst, in welchen Ketten Sie liegen? Befreiung ist das höchste Ziel. Höre Sie auf so anhänglich zu sein. Binden Sie sich nicht jedes Mal an negative Gedanken oder unausgeglichene Emotionen, indem sie sich verhalten wie Sekundenkleber und erkennen Sie es... oder ihre Flügel werden zerstört sein. Hören Sie auf zu jammern und leben Sie einfach. Genießen Sie jeden Moment, denn jeder Moment ist einzigartig, unwiederbringlich. Jede Erfahrung ist ein Mittel, eine Ausbildung, Fortbildung. Eine Verantwortung.

„Wie Regen und Schnee,
Wasser, das vom Himmel fällt.
um als Nebel wieder aufzusteigen
und sich in den Wolken zusammenzuballen.
Wie der Samen,
der in der Erde liegen muss,
um einer neuen Blume das Leben zu schenken.
Wie ein kostbares Metall,
das durch das Feuer gehen muss,
damit es geschmiedet werden kann.
Wie der Wind,

der durch das Schilf pfeift,
um als gereinigte Luft eingeatmet zu werden.
So habe auch ich,
der Herr von Kandrakar,
durch die Finsternis gehen müssen
um im Licht wieder aufzutauchen.
Als Krieger geboren und zum Orakel berufen,
musste ich wieder zum Kämpfer werden,
um den Frieden zurückzuerobern.
Ich musste die Vergangenheit neu durchleben,
um die Straße der Zukunft betreten zu können
Ich musste mich verlieren"

(Aus „Der Wicht")

Begegnungen

*„Dein ganzes Konzept darüber, wer du bist,
ist geliehen - geliehen von denen, die selbst
keine Ahnung haben, wer sie sind·"* (Osho)

Satt von der Gegend in der deutschen Großstadt entschied ich mich, nach einigen Jahren, ein neues Umfeld zu erkunden. Nach zwei gescheiterten Beziehungen wagte ich den Schritt und zog mich zurück. In den nördlichen Bereich des wunderschönen Deutschlands, um genau zu sagen, in eine außergewöhnliche, kleine und niedliche Stadt mit außergewöhnlichen Einwohnern, in der ich eine der skurrilsten Beziehungen erleben durfte, die gleichzeitig eine meiner kürzesten und lehrreichsten war. Schön war sie auch. Eine kuriose Ecke, wo ich gelandet bin.

Eine nette Freundin, die hier auch fremd war, sagte eines Abends zu mir: „Wir sind hier, um diesen Spießern ein andere Seite des Lebens zu zeigen", süß und naiv. Vielleicht hatte sie Recht, aber für mich war das nicht wichtig, nicht meine Aufgabe. Zumindest nicht bewusst gewollt. Aber eine Bindung konnte ich zu diesen Leuten nicht wirklich aufbauen... Oder vielleicht doch, denn bestimmte Begegnungen haben mich hier aufgerüttelt und berührt. Als Beispiel nenne ich meine lieben Freunde Edith und Hans-Werner. Sie haben ihr Leben gelebt, ich meine richtig gelebt. Beide waren Lehrer von Beruf und sind in dieser Phase, die ich als "Fazitphase" bezeichnen möchte. Wir sitzen stundenlang in ihrem Wohnzimmer und betreiben Philosophie. Wunderschöne Momente... Was ich über die beiden sagen kann? Weisheit und Wissen in einem. Das Gute, das von mir und von den beiden als das Gute wahrgenommen wird, bewegt sich in meine Richtung wie zwei wärmende Sonnenstrahlen. Ich lerne viel von den beiden, aber ich bin mir sicher, der junge kleine Hase hier konnte und kann ihnen auch sehr viel beibringen oder sie wenigstens an vergessene Sachen erinnern.

Wenn Sie mir erlauben, erzähle ich Ihnen jetzt über diesen Menschen, den Skurrilen, diese eine Beziehung. Für mich war dieser Mensch nicht Herr über sich selbst. Er war geprägt von einem Radikalismus, der ungesund war. Ich war dabei, neue Lebenseinstellungen zu entdecken. Ich lernte nun eine andere Elite kennen. Die Schönen und die Reichen... in den Augen von vielen in der Gegend: Die Guten... die Gewinner des Lebens. Seine Helden. Ohne Widerstand feierte ich den Klang des Geldes in deren Portemonnaie. Das Geld anderer. Quasi... Meins. Statusmenschen gehörten auf einmal in mein Leben... na ja, wie man es betrachten möchte. Alles nur eine Lehre. Nun dieser Mensch war, wie ich später feststellen konnte, von fast niemandem richtig respektiert worden, nur geduldet. Er hatte feste und ziemliche harte Lebensregeln, eigene Philosophien und Einstellungen. Am Ende fiel mir nur das Wort Danke ein. Es waren komplexe und sensible Zeiten und lehrreich genug. Glückliche Momente gab es auch. Irgendwo. Ganz verschwommen in unserem

Schatten sahen wir das Bild von einander. Wir waren vor allem Meister der Verurteilung und wir waren fast nie einer Meinung. Trotzdem spürte man einen Hauch von Gefühlen, die ich wage, Liebe zu nennen. Aber, was ist Liebe? Was liebte ich? Nur eine Vorstellung, einen Traum. Oder vielleicht nicht, denn irgendwann erwischte ich mich selber, wie ich wieder eine Rolle spielte, einen Schatten liebte. Ich war nicht mehr ich selber und fand mich in einer Sackgasse. Schmerzen beherrschten meine Emotionen. Heute weiß ich, dort wo Schmerzen auftauchen, ist keine Liebe vorhanden. Ich hatte es endlich begriffen und ich denke, das war eine große Lehre für mich. Danke nochmal.

Um es besser zu verstehen: Ich sollte links fliegen, dann rechts, dann wieder links. „Nein, Du machst es falsch! Du tust immer alles falsch!", dann wieder nach vorne. „Warum bist Du arm und ich reich?" „Du wirst niemals so reich sein können wie ich." Verflucht noch mal, dachte ich, ist er verrückt? Ich sollte dann wieder nach links, danach wieder nach rechts. ...Er war der Widerspruch in Person. Er hielt sich für was Besonderes und doch war er nur ein durchgeknallter Materialist. Und weil das nicht gereicht hat, litt er unter Kontrollverlust. Ein komplett unfreier Mensch. Ein Freak. Durch sein Geld lebte er, in seiner Vorstellung, frei und konnte örtlich überall hin. Aber seine Gefühle, sein Wesen, waren gefangen. Mit anderen Worten, er hatte sich an diese Ketten gewöhnt und nahm sie immer mit. Für ihn existierten diese Ketten gar nicht. Er glaubte an seine Freiheit. Für mich utopisch, aber es war seine Wahrheit... nicht meine. Ich übernahm die Rolle der Schülerin, der Beobachterin und trotz gemeiner Verletzungen meiner Seele entschied ich mich, diese Lehre bis zu Ende zu bringen. Was ich gelernt habe, werde ich in dieser Geschichte nicht erwähnen. Eine anderes Mal vielleicht.

Aber was ich Neues sah, erlebte und fühlte, machte mir neue Türen auf. Ein Stückchen weiter und tiefer ins Leben. Ich genieße jetzt das Gegenteil. Glücklich sein ist die Devise... Schmerzen füttern nur das Ego. Das hatte ich gelernt. Ist das alles wofür wir hier sind? Wofür wir leben? Mit Sicherheit. Etwas sollen wir mit Sicherheit lernen. Man spürt es. Unsere Gefühle lügen niemals.

Wir Menschen sind Verbündete, sind ein Miteinander, ob wir es wahr haben wollen oder nicht. Wir sind nicht einzelne Unikate und doch einzigartige Wesen. Nun ja, das Leben bildet sich aus Paradoxien. Wir sind ein Teil des Ganzen. Schaut zur Seite. Da ist jemand. Was siehst Du? Dann schaue jetzt zu Dir. Was siehst Du? Sind wir wirklich so unterschiedlich? Uns gibt es, aber nicht ein zweites Mal in diesem Leben. Was fühlen wir? Wir haben Ängste und wir sind Helden. In gewissen Augenblicken würde jeder einzelne von uns die gleichen Reaktionen hervorrufen. Ist das zu verstehen? Ich werde es immer wieder erwähnen: Jeder einzelne Mensch, der durch unseren Weg stolpert, ist ein wichtiger Baustein, der gelegt wird für unsere eigene Erkenntnis und Entwicklung. Ich danke jedem einzelnen dafür. Ich muss doch nicht einen Doktortitel erwerben, um das zu begreifen. Was für eine Erleichterung. Meine großen Lehrer sind meine Erfahrungen, die ich sammle, beobachte und annehme. Erkenntnis und Klarheit. Nichts gegen Doktoren, denn sie sind sehr gebildet und lehrreich, und deren Wissen ist gut zu gebrauchen, aber Seelensache, über die Kenntnis des Selbst, dafür braucht es ein bisschen mehr. Einzelne... vielleicht... sind mit bestimmten Gaben, Talenten schon geboren. Einfache Menschen, die einfach verstehen können. Warum? Eben darum, weil sie anders gestrickt sind und wissen, über das Komplizierte nicht zu stolpern.

Das Simple, das Einfache wird von ihnen differenziert. Wir könnten es auch verstehen. Vielleicht. Halten Sie an. Hören Sie zu. Nehmen Sie wahr. Wir haben es in uns. Wir haben es drauf. Im Hier und Jetzt. Unterschätzen Sie die Macht des Augenblicks nicht, denn dort liegen ihre Antworten, die Formel des Lebens.

Die Begegnung des Seins: Ich sah nur alles weiß und voller Schönheit. Ein Schmetterling kam dahergeflogen, glücklich, schön und unbeschwert, in meine Richtung. Ich war begeistert von so viel Schönheit. Ich sah zwei Generationen in einer. Etwas sehr Reifes und etwas sehr Junges, Frisches und Unberührtes. Ich hätte ganz still bleiben müssen, um ihn auf meine Schulter zu locken. Ich ging allerdings wie ein Riese, schwer und trappelnd, direkt, mit geöffneten Armen, auf ihn zu. Ich schrie laut und deutlich: „LIEBER SCHMETTERLING, danke für Deine Existenz, danke für Deine Schönheit! Es ist unbeschreiblich, dass Du, ausgerechnet Du, in meine Richtung kommst." Meine Arme waren weit offen, meine Türen unverriegelt, warum nicht? Bildlich erklärt: Mit sehr, sehr großen metallenen Stiefeln, die sich schrecklich laut anhörten... (Erinnerungen an meines alten Freundes Miguelito Horrorgeschichten.) rannte ich schneller und mit groben Schritten auf dieses wunderschöne Wesen zu. Der schöne Schmetterling erschrak. Er, mit groß und weit geöffneten Augen, schaute in meine Richtung. Große Augen, ganz weiß und die kleine Pupille als schwarzer Stecknadelkopf in der Mitte. Ich spürte seine Angst und ich merkte, wie er sich bereit machte zu fliehen. Ich hatte ihn verloren, den schönen Schmetterling, obwohl er noch nicht ganz bei mir war. Das dachte ich jedenfalls...

Er flog einfach weg. Das Gefühl der Freude: tot. Ich bitte jetzt um eine Minute absolute Stille, denn etwas gerade Geborenes ist auch gerade gestorben.

Prüfungen wurden abgelegt, und das direkt nach einer großen Umschulung, wenn ich das so sagen darf. Liebe Leserinnen und Leser, ich, glaubend, nach großer Mühe endlich alles verstanden zu haben, bin schlussendlich durchgefallen…

„Durchgefallen? Oh Gott, nein mein Kind.", sagte mein Meister. „Du bist nicht durchgefallen. Du hast noch nicht ganz bestanden, ein bisschen vielleicht." Er lächelte und schaute mich mit großem Interesse an. Ich hatte das Gefühl, dass ich etwas Ironisches in seinem Blick sah. Lacht er mich jetzt aus, oder was? Ja, das tat er, und er lachte heftiger und immer heftiger, lauter und lauter und irgendwann sehr, sehr laut. Dann schaute er mich voller Erwartung an. Ich entschied mich, nicht auf seinen Gefühlsausbruch zu reagieren. „Hey Meister, warum so viele Regeln immer?", fragte ich. Ich stelle in diesem Moment fest, dass ich ein ganz und gar freier Geist bin. Regeln zu folgen schien für mich sehr schwer zu sein, aber in diesem Leben ohne Regeln zu leben, ist kompliziert. Wir sind komplexe Wesen und wollen richtig funktionieren, damit das Leben genossen werden kann. Unser Recht. Eine der Regeln: Lerne zu denken, lerne zu fühlen, lerne zu handeln. Das haben langsam die meisten festgestellt. Was ist jetzt? Ordnung oder Chaos? Welchen Gesetzen sollen wir folgen? Der wunderschöne Schmetterling war da und ich hatte die Regeln gebrochen… wieder. Ich wollte den Moment für mich allein und für immer festhalten. „Erinnere Dich. Hast Du es nicht genossen? Den Augenblick, die kurze Anwesenheit? Warst Du dabei glücklich?", fragte mich mein Freund und Meister. „Ja", antwortete ich. „Nur in Deinem Denken vergehen sie, die

Momente. In Wahrheit ist DER Moment immer bei Dir. Greife ihn, nicht den Schmetterling."

Ein Traum... ich schaute ihn an. Betrachtete seine Schönheit aus der Nähe, denn ich durfte näher kommen. Wir fassten uns an. Magisch, wie unsere Hände ständig in einander rutschten. Jeder Hautkontakt elektrisierte mich. Seine Nase an meiner Nase. Ich spürte seinen Atem, er spürte mein Herz. Seine Küsse streichelten meine Seele. Der Rausch dieser Begegnung war sehr intensiv. Wir schauten uns ganz tief in die Augen und ich sah über seine Augen die Welt. Jede Bewegung seiner Lippen streichelte mein Sein. Wir standen einfach nur da. Wir spürten den Wind, hörten wie die Blätter der Bäume, eines nach dem anderen, fielen. In dieser warmen Spätsommernacht wussten wir, wie der Mond durch die Dämmerung zu uns schaut. Er war der stumme Zeuge dieses wunderbaren Augenblicks. Wir betrachteten einander, küssten einander, liebten einander ohne Worte. Er nahm mich auf seinen Schoß und ich schlang meine Beine um seine Hüfte. Wir standen vor seiner Haustür. Er eröffnete die Tür und in wenigen Schritten standen wir drinnen in einer tiefen Umarmung. Er küsste mich sanft auf meine Wange, auf den Hals, auf meine Lippen. Er schaute mir tief in die Augen. Worte waren nicht notwendig und für Gedanken gab es keinen Raum. Seine sanften Berührungen waren wie der Duft der Rosen. Ich liebte ihn in diesem Moment. Ob diese Liebe bestehen würde, konnte ich nicht sagen, und es war mir auch egal. Ja, in dem Moment liebte ich, liebte ohne Reue oder schlechtes Gewissen oder Grenzen. Jede Stelle meines Körpers wurde von ihm berührt. Ich liebte das Gefühl, das gerade in mir aus dem Nichts hervorquoll. Seine Finger streichelten meine Arme und meine Hände... unsere Finger berührten sich, verschränkten sich wieder. Leicht und ohne Vorurteile spürte ich jede Zelle meines Körpers. Gänsehaut überfiel meinen Körper, als seine Finger wie eine Feder durch mein Dekolleté zu meiner Brust glitten. Diese elektrisierenden Berührungen erreichten meinen Bauch. Ich spürte die Wärme seiner Hände an meinem Bauchnabel, die bis zur innersten Tiefe meines Körpers drang. Wir schauten uns wieder in die Augen. Was ich sah, war alles, alles was es ist. Es wurde tiefer und aufregender. Ich spürte seine weiche Zunge in meinem Mund, die meine suchte. Behutsam zogen wir uns gegenseitig. Das Gefühl war überwältigend und berauschend. Wir gaben uns einander hin. Wir waren wie in Trance. Ja, wir genossen. Wir schmeckten das Sein. Hier und jetzt in Ekstase. Die Ekstase. Alles andere existierte nicht mehr. Nur wir und diese Begegnung. Ich war da und ich fühlte sie: Der Höhepunkt war gekommen. Wir tauchten in die Arme von einander, tiefer und tiefer und wir liebten uns. Die ganze Nacht.

Zwei Tage später zerstörte eine Nachricht mein Glücksgefühl. Ein Motorradunfall nahm diesem Menschen das Leben. Seine Seele begleitet mich ständig und einfühlsam.

Quintessenz: Leben, genießen, wahrnehmen. Gut oder böse, Helligkeit oder Dunkelheit, Erfolg, Misserfolg... Angst oder Liebe. Die Macht der Wahl. Respekt gegenüber den Regeln der Existenz. Um die individuelle Freiheit genießen zu können, lieben Sie. Lieben Sie einfach. Egal was, aber lieben Sie es von ganzem Herzen. Lieben Sie alles mit Leidenschaft, Freiheit und... mit der nötigen Distanz und Hingabe, sonst kann viel Nähe alles Schöne verscheuchen. Schenken Sie Freiheit und Sie werden geliebt.

Dem Brunnen auf den Grund schauen

„In Wirklichkeit erkennen wir nichts; denn die Wahrheit liegt in der Tiefe·" (Demokrit)

Jetzt fragen Sie sich, lieber Leserin, lieber Leser, ist ja alles schön und gut, aber was ist mit der Ungerechtigkeit in unserer Welt. Kinder, die in Not leben. Was ist mit der Ungerechtigkeit in unserem Leben seit der Kindheit? Was ist mit Vergeltung? Und wem gegenüber? Wofür? Was habe ich jetzt davon? Oder in meiner Zukunft? Aber, was ist mit den Kindern, die missbraucht werden, misshandelt werden, die verhungern? Sollen wir die Augen davor verschließen? Und so tun, als ob nichts Schreckliches um uns herum existiert? Einfach nur singen, tanzen und glücklich sein und zusehen, wie derjenige neben mir leidet? Kann ich damit leben? Habe ich die Macht, etwas zu verbessern oder zu verändern? Wenn ja, dann tun Sie es. Tun Sie es wirklich. Verteidigen Sie, schützen Sie, helfen Sie, aber seien Sie in Frieden mit sich selbst und der Welt. Aktiv sein ist alles. Wir können es nicht oder wissen nicht, wie wir helfen sollen? Dann wäre es angebracht, an sich selbst zu arbeiten. Das ist der erste Schritt, um unsere Welt zu verbessern. Ein sehr großer Beitrag. Nur in einem glücklichen Zustand kann ich positive Schwingungen freisetzen, die jede Zelle oder jedes Atom beeinflussen. Also, wissen Sie nichts, oder können Sie nichts für Ungerechtigkeiten tun, dann werden Sie glücklich. Werden Sie einfach verdammt noch mal glücklich und lieben Sich selbst. Damit können Sie einen wichtigen Auftrag erfüllen und alle anderen unbewusst beeinflussen und mitnehmen. Dann... Sie haben was getan. Und ich? Ich werde dazu einen persönlichen Auftrag annehmen: Für mich sorgen und glücklich sein. Es ist Zeit, zu erkennen, wer wir sind, was wir sind und in welche Richtung wir gehen wollen. Es ist Zeit, zu erkennen, was zu tun ist. Die Zeit ist gekommen. Wenn ich glücklich in der Zukunft sein möchte, muss ich im Hier und Jetzt und sofort damit starten, glücklich zu sein.

Jetzt, bevor ich das Thema schließe, möchte ich einer Person, die mir wichtig ist, etwas sagen: Dem Lebensbegleiter meiner Mutter. Eine der schönsten Personen auf der Erde. Jemand wie Enrico oder John oder Schmetterling... Wenn ich irgendwann irgendwelche Gefühle für einen Vater gespürt habe, dann für ihn. In kürzester Zeit hat er mir mehr gegeben als mein leiblicher Vater ein Leben lang. Durch ihn, und durch diese ganz kurzen Augenblicke mit ihm, konnte ich empfinden, was es heißt, als Tochter geliebt zu werden.

„Warum tust Du das für mich? Es ist zu viel, ich kann es nicht annehmen." Nach einem kurzen Zögern schaut er mich an. Ein angenehmer, warmer Blick. Er lächelt, ich lächle zurück: „Weil ich Dich lieb habe. So, als ob Du meine eigene Tochter wärst."

Zeit ist relativ. Das merke ich immer wieder in meinen kurzen Begegnungen und Erlebnissen. Vielleicht waren die Kürzesten gleichzeitig die Längsten... Moral der Geschichte: Vielleicht ist die Intensität das Ausschlaggebende.

Meine letzten Zeilen widme ich meinen Kindern und all meinen Freunden. Danke, dass ihr da seid, dass ich durch euch viel erkennen konnte und kann. Danke, dass ich eure Existenz und eure Schönheit genießen kann.

Denkt immer daran: Leben, Lieben, Loslassen.

LLL

Eure

Ana Sofia

Die Schutzengel

„Engellieder

Ich ließ meinen Engel lange nicht los,
und er verarmte mir in den Armen
und wurde klein, und ich wurde groß:
und auf einmal war ich das Erbarmen,
und er eine zitternde Bitte bloß·

Da hab ich ihm seine Himmel gegeben, -
und er ließ mir das Nahe, daraus er
entschwand;
er lernte das Schweben, ich lernte das Leben,
und wir haben langsam einander erkannt···

Seit mich mein Engel nicht mehr bewacht,
kann er frei seine Flügel entfalten
und die Stille der Sterne durchspalten, -

denn er muss meiner einsamen Nacht
nicht mehr die ängstlichen Hände halten -
seit mich mein Engel nicht mehr bewacht·

Hat auch mein Engel keine Pflicht mehr,
seit ihn mein strenger Tag vertrieb,
oft senkt er sehnend sein Gesicht her
und hat die Himmel nicht mehr lieb·

Er möchte wieder aus armen Tagen
über Wälder rauschendem Ragen
meine blassen Gebete tragen
in die Heimat der Cherubim·

Dorthin trug er mein frühes Weinen
und Bedanken, und meine kleinen
Leiden wuchsen dorten zu Hainen,
welche flüstern über ihm···

Wenn ich einmal im Lebensland,
im Gelärme von Markt und Messe -
meiner Kindheit erblühte Blässe:

meinen ernsten Engel vergesse –
seine Güte und sein Gewand,
die betenden Hände, die segnende Hand, –
in meinen heimlichsten Träumen behalten
werde ich immer das Flügelfalten,
das wie eine weiße Zypresse
hinter ihm stand···

Seine Hände blieben wie blinde
Vögel, die, um Sonne betrogen,
wenn die andern über die Wogen
zu den währenden Lenzen zogen,
in der leeren, entlaubten Linde
wehren müssen dem Winterwinde·

Auf seinen Wangen war die Scham
der Bräute, die über der Seele Schrecken
dunkle Purpurdecken
breiten dem Bräutigam·

Und in den Augen lag
Glanz von dem ersten Tag, –
aber weit über allem war
ragend das tragende Flügelpaar···

Um die vielen Madonnen sind
viele ewige Engelknaben,
die Verheißung und Heimat haben
in dem Garten, wo Gott beginnt·
Und sie ragen alle nach Rang,
und sie tragen die goldenen Geigen,
und die Schönsten dürfen nie schweigen:
ihre Seelen sind aus Gesang·
Immer wieder müssen sie
klingen alle die dunklen Chorale,
die sie klangen vieltausend Male:
Gott stieg nieder aus Seinem Strahle
und du warst die schönste Schale
Seiner Sehnsucht, Madonna Marie·

Aber oft in der Dämmerung
wird die Mutter müder und müder,-
und dann flüstern die Engelbrüder,
und sie jubeln sie wieder jung·
Und sie winken mit den weißen
Flügeln festlich im Hallenhofe,
und sie heben aus den heißen
Herzen höher die eine Strophe:

Alle, die in Schönheit gehn, werden in Schönheit auferstehn"

(Rainer Maria Rilke)

Es ist noch nicht vorbei. Dachtet ihr, es wäre alles, einfach nur so? Nein... die Reise geht weiter.

Ein Huhn, das sein Ziel genau verfolgen wollte: Ein Ei zu legen. Genau auf der 244. Stufe von unten in einem Treppenhaus mit insgesamt 1644 Stufen.

„Das Huhn geht eine Treppe zu weit. Wieder eine Stufe zurück, dann noch eine Treppe und wieder eine vor. „Shit.", Ziel nicht erreicht. Es geht zurück, geht fast zum Eingang. Also, alles wieder von vorne: Eine Stufe hoch, noch eine und eine weiter. Ich könnte es verdoppeln, denkt es. Oder? Zwei Stufen auf einmal weiter, vielleicht sogar drei. Ah. Gestolpert, es war zu schnell. Jetzt tut es weh. Bevor es weiter macht, muss es erst seine Schmerzen wahrnehmen und richtig spüren. Es schaut nach oben und wieder nach unten. Niemand war zu sehen, niemand, der Zeuge seiner Gefühle hätte werden können. Das Huhn möchte sie aber mitteilen. „Hallo, ist da jemand?", schrie es laut und deutlich. „Kann mich jemand wahrnehmen?" In Huhn-Sprache übersetzt: „Còcòcòròròrcòcòcò." „Ich habe mich verletzt und brauche Unterstützung, damit mein Schmerz anerkannt und bedeutungsvoll sein kann... bitte. So allein macht es keinen Spaß, Schmerzen zu spüren." Dummes Huhn. Es gab auf und entschied sich, den Schmerz zur Seite zu legen, und so machte es weiter bis Stufe 281. Bereit, das Ei zu legen, merkt es mit großen, weit geöffneten Augen, den Kopf ständig in Bewegung... wie ein Huhn halt: Jetzt bin ich zu weit gegangen. Warum zu weit? Ziel wieder verfehlt. Alles wieder von neuem.

Wieder unten am Eingangsbereich. Hatte es sich verrechnet? Mathematik ist bestimmt nicht seine Stärke. Zurück zum Huhn: Wieder zu weit. Das Ziel ist nicht zu sehen. Sein Kopf bewegt sich schnell: Nach rechts, links, wieder rechts, dann wieder links... ich glaube, das Huhn denkt nach. Und wieder links schauen, dann rechts, aber blöd wie es schaut, könnte man sich gar nicht vorstellen, dass es denken würde. Es steht da. Legt es jetzt das Ei oder nicht? Es steht plötzlich auf einem Bein, es wechselt dann das Bein. Blick links, dann wieder nach rechts. Beinwechsel. Es passiert nichts. Bin noch nicht am Ziel, dachte es nach ein sehr langen Wartezeit. Oh, tatsächlich. Das Huhn hat lange gebraucht. Plötzlich hat es Klick in seinem Gehirn gemacht. Oh, wir tanzen und singen vor Freude. Ja, es hat es verstanden. Ja, ja es hat es verstanden.

Ich vermute, wir werden so oft auf den Nullpunkt kommen, bis wir endlich durchschauen, dass es vielleicht kein Ziel gibt. Nur den Weg.

Vielleicht darf ich Ihnen die folgenden Geschichte erzählen, liebe Leserinnen und Leser: Ich werde langsam aber sicher zur "Meditationskönigin" und kreiere meine eigene innere Welt, die die Aufgabe hat, meine äußere Welt zu dirigieren und immer wieder ein neues Musikstück zu präsentieren. In dieser inneren Welt gibt es bestimmte Persönlichkeiten. Aber wie kann ich sie am besten beschreiben?

Es sind Persönlichkeiten mit außerordentlichen Eigenschaften. Und auch in dieser inneren Welt existieren Charaktere, die uns richtig nah sind. Charaktere, zu denen man sich hingezogen fühlt, eine Beziehung aufbaut. Persönlichkeiten, die immer auftauchen, wenn wir gerade Lust haben, mit ihnen über Gott und die Welt zu sprechen. Worte werden ausgetauscht, Liebe und Zuneigung werden ausgetauscht und vermehrt... Liebe, diese Kraft, bei der wir nicht wissen, woher sie kommt. Es ist so und nicht anders.

Glauben Sie, ich verliere langsam den Bezug zur Realität? „Ich bin nicht verrückt", sagte der eine zu dem anderen, weil er gerade verfolgt wurde. „Ich weiß, dass ich keine Maus bin, aber ich bin mir sicher, dass er, der Kater, der mich wie ein Idiot verfolgt, nicht weiß, dass ich keine bin." Also: Jede Wirklichkeit, innerlich oder äußerlich, ist in uns und von uns kreiert. Wo beginnt der Traum und wo beginnt die Wirklichkeit? Wo überschneiden sie sich?

Seine tiefen grünen Augen tauchen tief in meine Seele. Er tanzt im Universum. Ich sehe den dunkelblauen Raum. Funkelnde Strahlen versetzen den Moment in eine der wunderhübschesten Wahrnehmungen. Er fliegt in meine Richtung. Seine Flügel breiten sich aus und ich nehme seine Empfindungen durch mein Sein wahr... die Kraft seiner Liebe. Meine Emotionen springen heraus. „Wo warst Du die ganze Zeit?", fragte ich laut und mit Tränen in den Augen. „Ich war da, nur Du wolltest mich nicht sehen. Du hast mich niemals wahrgenommen. Sogar als Mensch bin ich aufgetaucht und Du wusstest es, aber verleugnetest mich. Und so musste ich aufhören, mich auf meinen Stein zu setzen und warten, dass Du es vielleicht irgendwann schaffen würdest aufzuwachen und mich wahrzunehmen." Ich war schockiert, die Tränen rollten weiter. „Habe versucht, mich bemerkbar zu machen, indem ich Dich mit Steinen beworfen habe. Es hat Dir sehr weh getan und mir noch mehr, aber wie sollte ich Dich erwecken? Du, der Du von meiner Existenz wusstest, wolltest immer den Starken spielen und kämpftest mit allen Mitteln, um mich nicht wahrzunehmen. Ich trat Dich, ich schrie Dich an, ich warf Dir allen möglichen Kram zu, damit Du mich endlich siehst. Jetzt habe ich es geschafft, denke ich." Er lächelt zufrieden. „Fast hättest Du mich wieder ignoriert."

*Sein Blick war erfüllt mit Wärme und Schönheit. Er bewunderte mich. In diesem Augenblick schaute ich zu meinen Füßen. Habe sie seit Langem nicht mehr betrachtet. Sie sahen toll aus. Ich entdeckte gerade die Liebe und den Respekt meinen Füßen gegenüber. Was das bedeutete? - **Den Beginn der Selbstliebe.***

Unsere Beziehung entwickelte sich ab hier mit einer raschen Geschwindigkeit. Ich sah ihn ab und zu mit einem kleinen Mädchen, circa drei Jahre alt, auf seinen Armen. Ich sehe ihr in die dunklen Augen und erkenne mich.

Ich bin Materie und meine äußerliche Wahrnehmung ist natürlich eine andere als in einem Traum. Materie halt. Man nennt es Realität. Obwohl diese Traumwelt nichts anderes als Realität ist. Man sieht es bloß nur mit anderen Augen. Es ist viel einfacher, nur nach außen zu sehen, aber wir sind mehr als das. Wir sind auch Energie, Gedanken, Gefühle... Unsere materielle Welt haben wir mit unserer immateriellen Welt geschaffen. Ironie. Ob das die absolute Wahrheit ist? Wer weiß das schon?

„Hey Engel, kann ich Dich hier draußen erleben? Kannst Du Dich zeigen?" Ich bat ihn, hier auf der Erde in Fleisch und Blut zu erscheinen. Darauf antwortete er mir niemals, aber jedes Mal, wenn Schwierigkeiten auftauchen, erscheint er tänzerisch, breitet seine Flügel aus und lässt mich seine Energie spüren. Nach diesem Ritual versteckt er seine Flügel wieder, lässt das Kind los, setzt sich auf eine lässige und freche Art und beobachtet mich. Meistens mit einem Ellbogen auf einem Oberschenkel und der Hand lässig im Gesicht. Sein Lächeln zeigt mir seine Zuneigung auf eine spielerische Art. Er ist verspielt, charmant und witzig. Zur Beleidigung und Unterdrückung meines großen Egos, nimmt er mich nicht immer ernst. Mein Wunsch, ihn in dieser materiellen Welt zu sehen, war, glaube ich, utopisch.

Da stand er wieder, mein unbekannter Engel, mit seinen riesigen, schwarzen Flügeln. Jede einzelne Feder konnte ich beobachten. Die Perfektion und die harmonische Erscheinung beeindruckten mich. Er war groß, schmal gebaut und sein männlicher Körper ließ jeden einzelnen Körpermuskel erkennen. Eleganz und Männlichkeit auf einem Nenner. Mein Blick landete anschließend in seinem Gesicht. Die schwarzen, lockigen etwa schulterlangen Haare waren wild in seinem Gesicht verteilt. Dadurch wurde der symmetrische Ausdruck etwas verdeckt. Zwischen den nicht zu schmalen Lippen konnte ich seine weißen Zähne beobachten. Der Mund stand leicht offen, ich konnte seine Liebe, Hingabe, Leidenschaft, Sensibilität, Stärke, Sinnlichkeit spüren. Die charakterstarke Nase betonte sein Gesicht. Sein Blick traf meinen. Mich zu bewegen, war außerhalb meiner Macht. „Hey, lieber Gott, jetzt drehst Du durch. Ich glaube, ich bin dabei, mich in einen deiner Engel zu verlieben", sagte ich der großen Hoheit. „Ich hoffe, Deine Strafe wird nicht zu hart sein." Diese tiefen grünen Augen ließen mich ganz tief in seine Seele tauchen. Eine unbekannte Welt, die mir trotzdem so nah vorkam. Das Kribbeln hielt mich fest. Ich sah mich, ich sah ihn und ich sah mein Leben. Ich sah auch Schmerz.

Diesen Schmerz konnte ich tief in mir spüren. Er war tief in mir. Ich weinte leise, dann lauter und noch lauter. Ich spürte Schmerzen von unbekannten Gesichtern, die sich nicht befreien konnten. Gleichzeitig erlebte ich die Freude, die Liebe und Leidenschaft. Eine komplexe Gegensätzlichkeit der Gefühle. Es wurde ruhiger und ich sah die Harmonie, Ausgeglichenheit, Intelligenz und bedingungslose Liebe.

Wir sind frei und trotzdem abhängig. Wo trennen wir das Leben von den Träumen? Wo trennen wir die Gedanken von der Materie? Ich sehe mich und den Rest der Welt. Ich bin die Projektion von allem Existierenden und alles Existierende ist meine Projektion. Wo trennen wir Schmerz von Freude?

Ich ziehe mich in mein Herz zurück und blicke in seine Tiefe. Gleichzeitig blicke in in die Tiefe meiner Mitmenschen. Manchmal frage ich mich, mit welcher Arroganz wir das Leben anderer betrachten? Manchmal saß ich in meinem Bett, schaute durch das Fenster nach draußen, horchte dem Rauschen des Windes und weinte leise, denn ich sah unbekannte Gesichter, unbekannte Geschichten und Menschen in den Sackgassen des Lebens.

„Hi Ana Sofia.", hörte ich rufen. Ich befand mich in der Vergangenheit, irgendwo im Alter von 14 Jahren. „Was hast Du denn?", fragte Cousine Ana, die sich gerade mit meiner Schwester unterhielt. „Ich weiß es nicht.", antworte ich. „Es ist so, als ob ich mich in einem engen Tunnel befinde und ich weiß nicht wo der Ausgang ist." Warum, wusste ich nicht. Ich wollte niemanden sehen und mit niemandem reden. Die Panik war so groß, dass ich

aufstehen und mich aus diesen Tunnel sehr schnell befreien musste... Ich musste einfach raus.

Manchmal lag ich im Bett und fühlte beklemmende Gefühle der Verzweiflung, Verlust, Verwirrung. Von den inneren Erlebnissen erzählte ich Ana und meiner Schwester. „So geht das nicht weiter", sagte Cousine Ana zu meiner Schwester. „Irgendwas stimmt nicht, Rita. Hast Du deine Schwester schon beobachtet?" „Nein, aber ich merke ihr das schon an. Ana Sofia, sag mal, wie fühlst Du Dich?" Ich erklärte meiner Schwester, wie es mir manchmal erging und sie erwiderte plötzlich, rasch und entschieden: „Ana, Du hast Recht. Wir müssen etwas tun."

Jetzt kommt es, dachte ich. Behandlung von zwei Expertinnen mit voller Erfahrung im Anmarsch. Damals wussten wir nicht, dass ich unter Panikattacken litt. Trotz allem fand ich die Situation richtig witzig und ich genoss die Aufmerksamkeit. Ich ließ mich auf die beiden ein. Wer weiß, was passieren wird. Ana fuhr fort: „Ja, das ist es. Entweder bist Du vom Teufel besessen, böse Blicke haben Dich erwischt oder böse Menschen wollen Dich durch böse Hexerei zerstören... vielleicht sogar durch eine Voodoo-Puppe..." auweia, dachte ich. „Hast du Schmerzen?" Die Diagnostik fand statt und Ana blieb konsequent: „Rita, wir brauchen einen Teller, Olivenöl und ein scharfes Messer." Shit... ein scharfes Messer. Was will Ana mir antun? Die Ärzte in Aktion. Ana war schon immer sehr großzügig mit ihrer Phantasie, aber ich denke, heute übertreibt sie. Ich glaube, es war ein Familienproblem. „Hör mal, Ana. Es ist alles gut. Ich habe weder Drachen geschluckt noch Gründe, warum andere Menschen auf mich böse sein sollten... denke ich." Ana starrte mich an, ließ mich ausreden und voller Energie befahl sie weiter: „Setz Dich hin und bleib ruhig!" Ich gehorchte ohne Widerworte.

Irgendwie ging es mir besser und die theatralischen Szenen amüsierten mich köstlich.

Meine Schwester brachte alle Utensilien. „Alles hier, Ana. Soll ich noch Kerzen holen? Ich habe die Tür geschlossen und ein Schild aufgehängt, dass wir nicht gestört werden sollen", erklärte meine Schwester. „So, Deine Schwester hilft mit. Rita, wir brauchen die Flaschen mit dem guten Olivenöl von Opa und Oma", befahl Ana. „Gecheckt, hier bitte!", erwidert meine Schwester Rita, stolz auf ihre Leistung. „So, Ana Sofia... " Ana schaute mit erwartungsvollem Blick zu mir. „Stecke Deinen kleinen Finger in die Flasche, tauche den Finger tief hinein bis er komplett in Olivenöl eingetaucht ist." „Häh...?" Was will sie von mir? Die Überraschung war, wie kann ich es sagen, ziemlich gelungen. „Mach Dir keine Sorgen. Es ist alles gut. Viele Leute haben es schon gemacht und es funktioniert. Danach bist Du befreit von allen bösen Teufeln. Glaube mir", sagte sie voller Elan. Gut, dem bösen Teufel begegnen will ja keiner. Nun steckte ich den Finger in die Flasche, spürte die weiche Konsistenz vom Olivenöl und holte den Finger unmittelbar wieder heraus. „Warte, warte!", schrie sie. „Rita, komm mal. Das Wasser! Wir haben immer noch kein Wasser in dem Teller." Meine Schwester, die uns aufmerksam beobachtete, stand blitzschnell auf, nahm den Teller und ließ Wasser aus dem Wasserhahn auf den Teller laufen. Als der Suppenteller halb voll war, brachte sie ihn zu Ana. „So. Ana Sofia, jetzt wieder. Tauche den Finger wieder in die Flasche hinein und hänge ihn danach über den Teller. Lass dann das Öl hineintropfen. Hast Du es verstanden?" Und ich tat es mit Hingabe. Der erste Tropfen fiel langsam. Der zweite kam schnell hinterher, der dritte brauchte wieder mehr Zeit und nachdem sich das Olivenöl an der Fingerspitze gesammelt hatte, fiel auch er nach großer Mühe herunter... Die

Spannung stieg und die Atmosphäre war sehr, wie soll ich es erklären, sehr mystisch. Liebe Leserinnen und Leser, Sie können Sich jetzt vorstellen, dass ich sehr gespannt war, was nun folgen würde. Ein absolutes Irrenhaus. Beide schauten erwartungsvoll in den Teller. Kein Wort, keine Mimik, keine Bewegung war bei den beiden zu erkennen. Nur die Stille und die vier großen Augen, die in den Teller schauten.

Oh Gott. Die beiden sahen nicht gerade glücklich aus. „Ach du Schreck", sagte Ana. „Und wie viel?", kommentierte meine Schwester. „Ja, wirklich viel. Es ist unglaublich", antwortete Ana fasziniert. Beide drehten ihre Köpfe gleichzeitig in meine Richtung, mit starrem Blick. „Ana Sofia. Du hast die "Böser-Blick-Krankheit". Während sie mich aufklärten, nickten beide bedeutungsschwanger mit dem Kopf. Trauer erfüllte ihr Gesicht. „Was habe ich?" Ich war verwirrter als vorher. Von solchen Verrücktheiten hatte ich schon etwas gehört. Aber dass ich jetzt auch so was hatte... schien mir für meinen damals doch eher kindlichen Kopf etwas übertrieben. Aber die Präsenz der beiden gefiel mir und ich ließ sie mit Genuss an ihrer Diagnose weiterarbeiten.

Ich war jetzt gespannt, wie es weiterging. „Aber wir wissen, was zu tun ist.", sagte Ana stolz. Oh, eine Therapie gibt es auch noch. Na ja, dann gab es voraussichtlich für mich ein Happyend. Alles ist gut. Die „Böser-Blick-Krankheit" sollte einfach nur weg. „Gut.", sagte meine Schwester. „Und dafür müssen wir ein paar Sachen machen: Erstens musst Du das hier wiederholen. Ich meine, den Finger in das Öl tauchen und die Tropfen auf den Teller fallen lassen. Und Ana wird währenddessen das Gebet sprechen, das den Bösen Blick wegjagt. Das Geheimnis liegt darin, dass man währenddessen das Wasser schneidet." „Was schneidest Du?", fragte ich. „Ja, die bösen Sachen halt, mit einem

Messer. Die schneidet man im Wasser ab. "Ich hatte es verstanden. Ich hatte es wirklich verstanden. Ich hatte verstanden, dass diese beiden noch verrückter waren als ich und eine Fußballmannschaft zusammen. Ich konnte mein Lachen kaum verkneifen. Dann schaffte ich es aber, mich weiter auf das Spiel zu konzentrieren. „Noch was", rief Ana. Während ich hier bete und Rita gleichzeitig das Böse mit dem Messer im Wasser umbringt, musst du aufstehen und herumtanzen." Ich konnte mich vor Lachen nicht mehr halten. Befreiung pur. „Lach nicht!", schrie Ana. „Das hier ist sehr ernst und wenn Du nicht daran glaubst, kannst Du sterben... und dann... und dann... und dann, selber Schuld." Oh, ich glaube, ich habe Ana verärgert. „Ist gut, ist gut. Ich mache, was Du möchtest." Ana beruhigte sich. Sie setzte sich wieder vor den Teller. Die Schwester nahm das Messer und begann, mit der Spitze Kreuze in das Wasser zu schneiden. Sie waren sehr konzentriert. Ana begann leise in einem monotonen Monolog vor sich hin zu brabbeln. Meine Schwester sagte leise zu mir: „Du darfst jetzt nichts sagen." Und Ana begann: „Ich zerschneide dich, du böser Blick. du böse Eidechse, ich zerschneide deine Beine, deinen Schwanz, deinen Kopf..." Man, man, man, da geht eine Menge weg, von der Eidechse. Meine Frage war, ob die Eidechse wirklich so böse war oder Schuld an der ganzen Misere hatte. Na ja, einen Sündenbock muss es schließlich immer geben. So lange der Eidechse nur eine Phantasierolle zukam, waren draußen eine Menge Tiere gerettet.*

„Knock, knock, knock." Plötzlich klopfte es an der Tür. Ana schrie: „Oh nein, wer stört denn da? Wir machen hier etwas ganz Wichtiges und wir haben keine Zeit." Es wurde wieder geklopft. Nach einem stillen Moment hörten wir die Stimme von Cousine Seila hinter der Tür. „Ich bin's nur. Lasst mich rein. Was macht Ihr denn da?" Meine Schwester stand abrupt auf, das Messer in der rechten Hand, und mit der linken Hand schloss sie die Tür auf. Lässig betrat Seila den Raum. In einer Hand hatte sie eine Plastiktüte, gefüllt mit unreifen Pflaumen, in der anderen ein besonders großes Exemplar, von dem sie gerade abbiss. Darauf folgend biss sie in eine zweite riesige Pflaume. Ich konnte es nicht vermeiden, eine Grimasse zu ziehen, denn die Pflaumen, die sie aß, mussten wirklich sauer gewesen sein. „Ah, ihr jagt den Bösen Teufel. Ich kenne das. Tante Deo hat das bei mir schon gemacht. Ich hatte angeblich sehr viel Böses und sie entschloss sich, mir das Ding auszutreiben.", erzählte sie während sie weiter genüsslich auf der unreifen Pflaume herumkaute. „Seila!", schrie Ana, ihre ältere Schwester. „Sei jetzt still! Wir wollen Deine Geschichte nicht hören. Wir wollen jetzt Ana Sofia retten." „Ist gut." Ohne Widerstand setzte sich Seila und kaute weiter. Das Ritual ging weiter.

Ich nahm wieder Olivenöl in die Finger. Die Tropfen fielen erneut in den Teller. Schwester und Ana schauten wieder in den Teller und staunten. Aus den beiden heraus kam wieder ein überraschendes: „Ah... wieder so viel." Seila kaute weiter an den Pflaumen. Meine Schwester nahm das Messer und schnitt weiter das Wasser. Ana führte ihren Monolog mit den Eidechsen weiter fort. Seila kaute weiter an den Pflaumen. Und ich tanzte hin und her, die Arme in alle Richtungen gestreckt, mit ungeschickten Schritten, den Kopf hin und her werfend. Seila kaute ihre Pflaume zu ende und nahm sich eine neue. Das Ritual wurde wiederholt: Tröpfchen fielen in den Teller, das Messer bewegte sich kreuz und quer durchs Wasser. Seila kaute auf den Pflaumen und beobachtete uns weiter. Ana zerschnitt weiter die sogenannte fantastische Eidechse, die verantwortlich für die Misere war, in Stückchen. Natürlich zuschnitt sie keine echte Eidechse. Seila kaute weiter. Ich tanzte.

Nach langer Zeit verhielten sich die Olivenöltröpfchen im Wasser endlich, wie Ana und meine Schwester es erwarteten, und sie schrien simultan: „Du bist geheilt!" Totenstille herrschte im Raum. Ana kam zu mir, umarmte mich und sagte: „Du bist vom Bösen befreit. Ist das nicht toll?" Ich fühlte mich gut, sehr gut sogar. Woran das lag, bleibt ein Rätsel. Oder vielleicht auch nicht. Vielleicht war die Aufmerksamkeit, erfüllt mit Liebe, der Grund für meine Wohlbefinden. Seila genoss ihre Pflaumen. In Stille hörte man nur, wie sie kaute. Wir schauten uns gegenseitig an und ohne uns abzusprechen, begannen wir alle vier gleichzeitig zu lachen. „Sollen wir jetzt Karten spielen?"

Dies ist der Anfang

„Die einzige Freude auf der Welt ist das Anfangen· Es ist schön zu leben, weil Leben anfangen ist, immer, in jedem Augenblick·"
(Cesare Pavese)

Am Anfang war...

Im Anfang schuf Gott Himmel und Erde... (Bibel, 1.Buch, Mose)

Im Anfang war das Wort... (Bibel, Johannes-Evangelium)

Im Anfang war die Tat... (Goethe, Faust 1)

Im Anfang war das Licht... (Anastasius Grün)

Im Anfang war der Wasserstoff... (Holmar von Difurth)

Am Anfang war die Kraft... (Paula Modersohn-Becker, Tagebuchblätter)

Am Anfang war das Feuer... (Film, Jean-Jacques Anaud)

Zurück zu unserem unbekannten Engel: Sein Blick war weich und warm und zeugte von purer Selbstsicherheit. Ich sah Glanz in seinen Augen. Ein wundervolles Lächeln erreichte mein Herz. Er kam näher. Ich fühlte seine starke Energie, die sich in meine Richtung bewegte. Er schwebte an mir vorbei und stellte sich hinter mich. Seinen Atem konnte ich in meinem Nacken hören und spüren. Seine starken Arme umfassten meinen Körper. Ich sah seine eleganten Hände und wie sich seine Finger vor meiner Brust verschränkten. Er übertrug seine Wärme auf mein Herz. Es beruhigte sich, es beruhigte mich. Ich beobachtete das Gefühl und bewertete es nicht. Ich fühlte mich stark. „Hör mir zu," flüsterte er mit tiefer und heiserer Stimme in mein Ohr. „Wir werden jetzt fliegen. Du musst jetzt loslassen und mir vertrauen." Ich gehorchte. „Schließe die Augen." Seine Flügel umgaben mich. Die Schönheit des Seins war vergleichbar mit Milliarden Diamanten und Brillanten, die harmonisch in alle Richtungen schwebten. Plötzlich breitete er seine Flügel aus und ich ließ mich mit absoluter Hingabe und vollem Vertrauen durch den unendlichen Raum tragen. Wir schwebten, wir schmolzen ineinander. Die Liebe verband uns. Wir flogen höher, höher und höher. Die Wärme... Zuhause.

Trotz der großen Distanz spürte ich die Schwingungen von Tante Beneditas Gedanken: *Blasphemie!* Tante, ich liebe dich und egal was du denkst, was du fühlst, was für eine Energie dich bewegt, ich liebe dich von ganzem Herzen.

Meister lachte. „Lach Du nur. Du wirst es schon sehen.", sagte ich mit provozierender Haltung und den Fäusten in die Taille gestemmt. Dazu jetzt auch noch das Huhn, das mich anschaute. Ganz still, mit seinem, wenn ich das sagen darf, dämlichen und lustigen Blick. So, als ob es mir sagen wollte, wieso soll es Dir anders ergehen als mir? Viel Spaß mit deinem Treppensteigen.

Neue Schmetterlinge werden immer wieder vorbeifliegen. Unmöglich, sie festzuhalten. Es bleibt uns nichts anderes übrig, als sie ziehen zu lassen. Ob sie zurückkehren? Ja, mit Sicherheit. Einmal der Geschmack nach Freiheit, der Geschmack nach wahrer, bedingungsloser und unendlicher Liebe... dann sind sie da. Einfach da, in der Mitte. Der Weg, den wir alle finden wollen. Ein Nest. Das Nest. Und eine Rückkehr in dieses Nest ist unvermeidlich. Ich schaute zu meinem Meister, denn es schien so, als ob ich seiner Gegenwart nicht mehr entkommen konnte. Er lachte wieder, lauter und lauter, und ich konnte seine Gedanken erfassen: *Du wirst immer wieder getestet, Informationen sammeln, die Du für deine Entwicklung brauchst. Du wirst viele Prüfungen haben und mehrmals aufwachen müssen und Erkenntnisse gewinnen, bis Du endlich verstehst und erkennst, dass die unendliche Liebe in Dir ist und nach innen gerichtet werden soll. Nur so verwandeln wir uns. Wir werden dadurch zu Schmetterlingen, die den perfekten Garten aufsuchen. Wir werden zu Sonnenstrahlen und Wasserstrahlen, die Leben kreieren.* „Bist Du endlich so weit?", fragte mich Meister. „Jetzt vielleicht?" Ja, aber nur vielleicht, denke ich. Habe ich es verstanden? Meine Freiheit liegt im Hier? Meine Freiheit liegt im jetzigen Moment? In der Selbstliebe? Mein Glück ist meine Aufgabe, meine einzige Aufgabe. Ich soll mich der unendlichen und wahren Liebe geben. Ich bin ein Teil des Ganzen, das sich nur mit Liebe ernähren kann. Die Wechselwirkung der Liebe ist ein Phänomen. Die Quelle der Existenz? Ja, in meinem Herzen. Kenntnisse, Vertrauen, Freiheit, Ausgeglichenheit, Gesundheit, Bereitschaft, Annahme, Respekt... mit anderen Worten: Meine große Liebe ist nicht ein anderer, sondern ich selbst. Nicht mehr draußen suchen, aber drinnen... der Engel mit den grünen Augen in mir.

Ob wir das jetzt verstanden haben? Haben wir den Zustand der eigenen Liebe erreicht, dann sind wir bereit, Liebe zu senden und zu empfangen. Und nur dann sind wir vollkommen. Willkommen in der *Wirklichkeit*. Nur dann treffen wir auf Engel, auf den Engel: Das große Ich.

Plötzlich eine Erinnerung: Das Bild, das ich Leben nenne. Ein Bild, das ich mitnehme, egal wohin ich gehe. Ein Bild des Glücks: Großvater fährt Fahrrad, Oma sitzt seitlich hinten drauf. Während des Fahrens singt Großvater ein Lied, Großmutter lächelt zufrieden. Ich, der Zuschauer, genieße den Anblick mit großer Begeisterung.

Die Prozession geht weiter: Hinter Opa und Oma herlaufend, sehe ich Seila, Enrico und Miguelito. Ich sehe meine Bäume und meine Untertanen aus dem Wald. Ich sehe Gabriel und Fernando, ich sehe John. Sie tanzen zu dem Lied, das Opa singt. Dann kommen die Möwen und der Delphin und ich rieche Salz... Das Meer, mein Meer, und eine fast 30 Meter hohe Welle. Ein Geschenk des Himmels, mit Sicherheit. Ich muss nicht hinsehen, um zu wissen, was als nächstes passiert: Ein Wellenreiter taucht aus dem Nichts auf. Er tanzt mit dem Meer, er tanzt das Lied des Lebens...ich spüre die Macht des Seins, den Genuss der Freiheit und der Liebe.

„Ana Sofia, wie weit bist du mit dem Geige spielen?", fragt Opa. „Spiel etwas für uns. Ja, wir wollen es hören", ermutigt mich mein Engel und Meister. Ich nehme meine Geige heraus, stelle mich hinter der Prozession und spiele dazu die schönsten, tiefsten und vor allem... schiefsten Töne, die man hören kann. „Ohren zumachen, bitte."

Ich lache vor Freude und Dankbarkeit. Danke für alles und alle in meinem Leben. Danke, dass ich existieren darf. Danke für alles, das ich noch erleben werde.

Über das Leben, die Zukunft wird jetzt entschieden. Liebe Leserinnen und Leser, Sie atmen bestimmt jetzt ein und aus, aber lesen Sie aufmerksam: Achterbahnen der Gefühle, Schmerz und Freude, das ist es, was das Leben ausmacht. Alles andere ist absolute Illusion, existiert nicht. Traum. Existiert nur in den Gedanken. Diese Energie in uns bringt uns immer wieder in eine neue Wirklichkeit, die mal war und sein wird. Diese Informationen erschaffen den Raum, in dem wir Veränderung erfahren... die Illusion soll unser Leben nicht mehr steuern... nur das Jetzt. Gerade hier in diesem Moment liegt die absolute Wahrheit. Nur die Einfachheit des Lebens schenkt uns das wahre Glück. Ein Vorbild:

Einer meiner guten Freunde, sein Name ist Ingolf, ist vom Leben bevorzugt. Er ist eine einfache Seele, einer dieser Engel, die auf der Erde herumhängen. Dieser Engel zeigte mir eines Tages, in einem der kürzesten Momente, was das einfache Denken des Leben kennzeichnen kann. „Keep it simple stupid", sagte er. Er zeigte mir die großartige Idee eines anderen, der, in Ingolfs Augen, etwas Geniales entdeckt. Der Erfinder erlebt seine Schöpfung in einem Moment der Bewusstseinserweiterung. Ich denke, John war bestimmt bei der Entstehung dieser Genialität dabei. „Willst Du meinen Klodeckel sehen?", fragte mich Ingolf. „Hm." Ich war überrascht, weil ich diese Art von Vorschlag noch nicht häufig erlebte hatte. „Ja," antwortete ich. Ich nahm die Einladung an und er sagte weiter: „Er ist unglaublich... ich musste Ihn mir kaufen" ...er lachte zwischendurch. Er kicherte schelmisch. „...hat nur 20 €

gekostet." Ich war sehr gespannt und antwortete: „Ja, gerne." Sollten wir vergessen haben, wie sich Neugierde anfühlt, dann ist dieser Moment der Richtige, um sie wieder wahrzunehmen.

Ich folgte ihm ins Bad. Er öffnete den Klodeckel ganz und bereitete sich darauf vor, ihn wieder zu schließen. „Pass auf", sagte er zu mir, und schaute mich voller Erwartung an. Plötzlich warf er den Klodeckel mit all seiner Kraft zu. Reflexartig hielt ich mir die Ohren zu, weil ich dachte, jetzt knallt es. Aber... bevor er zuschlagen konnte, hielt der Klodeckel plötzlich in der Luft an, so ungefähr in der Mitte, und ging dann ganz langsam und behutsam runter, bis er komplett geschlossen war.

Was sollte ich sagen? Ich war perplex. „Kluger Toilettendeckel, oder?",Fragte er. „Tolle Technik." Stolz wie Oskar und mit großer Bewunderung seinem Klo gegenüber sah mich mein guter Freund an. Er lächelte wie ein kleines Kind, das gerade ein leckeres Bonbon bekommen hatte. Sein Blick suchte meinen mit großer Faszination. Er erwartete natürlich einen Kommentar von mir. Die Bestätigung. Ich wollte wirklich etwas sagen, aber ich konnte es einfach nicht. Der Moment war einfach unglaublich und witzig. Ich konnte nicht mehr an mich halten. Ich ließ es einfach raus. Das Lachen. Ich lachte jetzt mit Genuss wie lange nicht mehr. Ich lachte und lachte lauter. Ich musste mich krümmen vor lauter Lachen, fiel auf die Knie, drückte mit beiden Händen in meinen Bauch und lachte. Lachte und lachte und ich konnte nicht mehr aufhören... es war einfach nur... köstlich amüsant. Es schien, als hätte ich ihn kontaminiert, denn Ingolf fing auch an zu lachen und wir lachten beide. Einer lauter als der andere. Ein Augenblick der Augenblicke und ich genoss es. Nein, wir hatten Johns Zeug nicht geraucht. Der komische Klodeckel war Stoff genug. Unsere neue

Einstellung zum Leben auch. Das Bewusstsein erweitert sich aus dem Moment heraus. Vielleicht hatte John, der irgendwo anders auf der Welt war, auch schon entdeckt, wie er endlich Geld sparen konnte…

Vielleicht waren diese Erlebnisse meine Pilgerreise. Eine Pilgerreise, die nicht nach Indien oder Santiago de Compostela führte, sondern eine Reise nach innen. Eine Reise in die Welt der Gefühle und eine Reise in die Gegenwart. Diese war nicht einfach und kostete sehr viel Kraft und Energie. Manchmal waren die Wege hart und manchmal tat es weh. Gefühle, Schmerzen, durch die man sich weiter entwickeln kann… manchmal Gefühle der Freude. Momente, in denen man Vergangenheit und Zukunft vergisst. Das Leben gab uns ein Geschenk, den Augenblick. Dieser übertrifft den Verstand. Nur das Herz zählt. Man sieht das Leben und die Existenz plötzlich mit anderen Augen. Es neutralisiert die Zeit. Zeit.

Willst Du eine Ente oder ein Adler sein?

Ist alles eine Frage des Betrachters… Was würde der Wurm sagen?

Wir sind alle Künstler. Künstler des Lebens, unseres und dessen anderer. Wir üben es durch Achtsamkeit, Hingabe, Vertrauen und Dankbarkeit aus. Das wichtigste Werkzeug: Die Liebe.

Vicky war ein Hund, mein Hund, und Vicky war eines der wichtigsten Werkzeuge meines Lebens, um diese Kunst ausüben zu können. Die Mahlzeiten verbrachten wir zusammen. Mein Brötchen teilte ich immer mit Vicky.

Einmal ich, einmal Vicky. Vicky begleitete mich überall hin. Ohne Ketten. Wenn ich ihm sagte: „Vicky, komm, wir gehen. Wir gehen zum Fluss," stellte er seine Ohren voller Begeisterung auf. „Dort, wo die Quelle entspringt. Dort, wo wir das Ende des Regenbogens erreichen können." Vicky hatte nicht nur die Ohren aufgestellt, sondern begann zusätzlich heftig mit dem Schwanz zu wedeln. „Und genau dort, Vicky, dort finden wir den verlorenen Pott Gold. Den verlorenen Schatz." Vicky bellte jetzt voller Euphorie. „Und vielleicht... finden wir dort auch die Tür... den Weg nach Hause, Vicky. Willst Du mitkommen? Vicky wedelte jetzt nicht nur eifrig mit dem Schwanz, es überraschte ihn, seinen Schwanz zu erblicken und zu erkennen. Ab diesem Moment entschied er sich, seinen Schwanz zu jagen. Er drehte sich jetzt mehrfach um die eigene Achse und versuchte, seinen eigenes Hinterteil zu schnappen. Wahrscheinlich versuchte er mir etwas zu sagen. Vermutlich, dass die Jagd nach dem eigenen Schwanz genauso unnötig sei, wie das Ziel, den Regenbogen zu erreichen. Wozu etwas jagen, das schon längst vorhanden ist? Ob Vicky das Huhn auch kannte? Kluger Hund, muss ich sagen. Na ja, klug war er nicht immer.

Er hatte einen Rivalen, den Hund von Miguelito, meinem Milchbruder. Wenn er an unserem Haus vorbeiging, verhielt er sich als Hund so arrogant, dass sich Vickys und meine Rückenhaare aufstellten. Er war nicht nur arrogant, er verhielt sich so, als ob er eine Art Majestät wäre. In Begleitung von Miguelitos Mutter lief er ganz langsam, die schwarze Schnauze nach oben... für Vickys Augen und meine ein Gangster. Er war nie allein, immer in Begleitung von seinem Frauchen. Vicky und ich ließen unsere Augen nicht von diesen Hund.

Vicky war eigentlich ein feiner Hund. Er war frei und selbstständig. Ab und zu, wenn er schlecht gelaunt war, wartete er auf seinen Rivalen. Dann saß er wie die Sphinx auf der Treppe. „Vicky, wenn Piloto kommt", so hieß er, „verhältst Du dich ruhig. Kein Haar bewegst Du." Vicky schaute mich kurz an, die Ohren nach unten eng an den Kopf angelegt und wackelte nur ganz kurz mit dem Schwanz. Danach nahm er wieder die beherrschende Haltung der Sphinx ein. „Vicky, ich meine es ernst. Du bleibst schön hier bei mir." Wir beide wussten, dass meine Worte sinnlos waren.

Es war jetzt fast so weit. Piloto kam jeden Tag mit seiner Begleitung um die gleiche Uhrzeit an uns vorbei. Vorsichtig und lagsam stand Vicky auf. Geduckte Haltung. Die Haare auf dem Rücken stellten sich auf... und ich? Ich stand ebenfalls auf und bereitete den Notfallkoffer vor: Den langen Wasserschlauch. Und nun, wie der Phönix aus der Asche, rannte Vicky auf Piloto zu. Wütend knurrte er ihn an. Warum, werden wir nie erfahren. Vielleicht ist es typisch Hund, ab und zu mal böse zu sein. Einen richtigen Grund brauchen sie wahrscheinlich nicht. Genau wie bei uns Menschen. Vielleicht ist es nur wichtig zu zeigen, wer hier der Boss ist.

Beide rollten sich auf der Straße, taten so, als ob sie sich bissen, aber Blut sah ich nie. „Gut Vicky, es reicht jetzt!" Ich ging zum Wasserhahn und öffnete ihn. „Achtung!" Und dann kam das Wasser mit aller Kraft über beide Hunde. Der Krieg war vorbei und ich war zufrieden. Beide Hunde schauten sich klitschnass an. Für mich war die Situation sehr lustig. Ich ließ das Wasser weiterlaufen und sie sahen mich verwirrt an. Danach ging Piloto mit seiner Begleiterin seinen Weg weiter. Vicky schüttelte sich so kräftig, dass er mich total nass machte. „Du verrücktes Huhn."

Ich rannte hinter Vicky her. Dabei lief er verspielt vor mir weg. Wir liefen in Richtung Wald und schmissen uns aufeinander, rollten über den Boden. Dann leckte er mir übers Gesicht und ging fort. Dabei schnüffelte er hin und her. Der Hase war leider nicht in Sicht. Plötzlich hielt er an, schaute mir in die Augen und ich verstand plötzlich, was er wollte. „Kommst du nicht mit?", las ich in seinen Augen. „Du wolltest doch den Schwanz jetzt jagen, den Regenbogen, weißt Du noch?" Irrsinniger Hund, ja ich komme mit. Ich stand auf und lief hinter Vicky her. Mal auf einem Bein, mal auf zweien, mal auf dem anderen Bein. Vicky lief weiter vor mir, schnüffelte weiter in jeder Ecke. Ab und zu schaute er nach hinten, um zu sehen, ob ich ihm folgte. Ja, ich folgte ihm. Ich genoss den Anblick, spürte den Wind im Gesicht, genoss den Geruch der Blumen und des Frühlings. Vicky schnüffelte weiter in der Hoffnung, doch etwas Essbares zu finden oder vielleicht die Spuren einer läufigen Hündin. Er schaute wieder zu mir. Ich folgte weiter im Hopsalauf. Die Quelle erwartete uns. Das süße, frische Wasser, der Regenbogen und sein Ende. Vor uns erschien ein wunderbarer Feuerball, der uns anlächelte. Die Sonne ging unter und wir genossen das Leben. Vicky blickte zurück, sah mich an. Ich blickte zurück und sah Vicky an...

Epilog

„Ich übernehme die Verantwortung, ich übernehme die Verantwortung, ich übernehme die ganze Verantwortung. Ich und nur ich". Mein Kopf hängt über meinem Brustbein. Meine Augen sind geschlossen. Meine Hände sind vor mir gefaltet. Ich spüre den harten Boden und wie das Blut in meinen gekreuzten Beinen blockiert wird. „Ich übernehme die Verantwortung für mein Unglück, für mein Glück. Alles, was ich fühle, muss erlebt werden. Alles ist da. Und ich nehme es an. Meine Augen öffnen sich und beobachten die rote Kugel, die am Horizont aufgeht. Die Sonne, mein Vater, die Erde, meine Mutter, mein Geliebter, das Leben.

Eine Reise in die Vergangenheit. Nun freuen wir uns. Wir freuen uns über die Veränderung der Gegenwart, die auf uns zukommt. Die wundervollste aller Reisen. Wo sie endet? Wir wissen es nicht. Es ist auch nicht wichtig. Hauptsache wir machen sie. Zusammen. Was trägt uns? Die Schönheit des Lebens. Was entdecken wir? Uns selbst. „Ich entdecke mich durch Dich, Du entdeckst Dich durch mich." Eine Reise, die wir immer wieder von neuem beginnen. Eine Seele, die mit der Ewigkeit verschmilzt. Ohne Ende und ohne Anfang. Und mit gutem Stoff: Einer Teekanne. „Lach nicht, John. Es ist nur eine Teekanne." Danke, mein Selbst. „Happyend?" Nein. Es gibt kein „Happyend", es gibt kein Ende... Es gibt nur Anfänge.

Für einen Moment lang sah ich Pedro vor mir.

FSC
www.fsc.org

MIX

Papier | Fördert
gute Waldnutzung

FSC® C083411

Zeitfracht Medien GmbH
Ferdinand-Jühlke-Straße 7
99095 Erfurt, Deutschland
produktsicherheit@kolibri360.de